胸さわぎのナビシート

Story by SHINOBU MIZUSHIMA
水島 忍
Cover Illustration by TSUBASA MYOHJIN
明神 翼

カバー・本文イラスト　明神 翼

CONTENTS

胸さわぎのナビシート

雨の夜——それは単なる不注意から始まった。

激しく降り続く雨の音と視界を奪《うば》う闇。そして、頭の中でぐるぐると回っている考えが、俺——澤田一秀《さわだかずひで》を車に衝突《しょうとつ》する寸前にまで追いやっていた。

うっかり信号を無視《むし》してしまった俺が悪い。だけど、ぶつかって、俺が怪我《けが》したら、車のほうが悪いことになるんだよなあ。

そんなことを考えながら、俺はギリギリのところで自分を守るために、迫ってくる車から身をかわし、そのままバランスを崩《くず》して、倒れてしまった。

手から離れた傘がころころと道路を転《ころ》がっていく。それでも予備校のテキストが入っている鞄《かばん》だけは、しっかり抱《かか》えているところが自分でも笑える。

高校三年。大学受験を控《ひか》えて、今から気を引き締めてやっていかなくては……という、予備校の講師の言葉が、頭に浮かぶ。

そんなこと、今の状況には、なんの関係もないのに。

「大丈夫か！」

今さっき急ブレーキの音をさせていた真っ赤なスポーツカーから、若い男が降りてきて、俺に声をかけた。

俺はその男を見上げて、位置のずれたメタルフレームの眼鏡を直した。

相手の顔は思いっきり美形。体型はスマートな長身。

それだけでなく、金髪で、しかもそれが肩に流れるような長髪だった。

そういう人物が派手な車から降りてきたのだ。俺は思わずポカンと口を開けた。それくらい、衝《しょう》撃《げき》的というのか、車のヘッドライトに照らされた彼の姿があまりに印象的で、一瞬、言葉が出てこなかった。

「怪我したのか？　どこが痛む？」

男は心配そうに俺の顔を覗《のぞ》き込んで話しかける。

そこで、やっと俺は我に返った。

「あ、いや、危機一髪でぶつかってない。安心してくれ」

だいたい、運転してれば、接触《せっしょく》したかどうか判るはずだろうと言いたい。それにしても、こんな高級そうな車にぶつからなくて、よかったと思う。因縁《いんねん》つけられて、修理《しゅうり》代を払えなんて言われたら、困るからだ。

まあ、目の前の人物はとてもそんなガラの悪い男には見えなかったが。どちらかというと、上品で、きっと金持ちの息子か何かなのだろうと見当《けんとう》をつける。

俺は起き上がって、傘を拾った。

「本当になんともないか？　転んだ拍子《ひょうし》に頭を打ったとか、足をひねったとか」

男はけっこう心配性なのか、そう訊《き》いてくる。後で責任取れと言われるのが嫌《いや》なのだろうか。

彼の金髪が雨に濡《ぬ》れていくのが少し気になって、俺は思わず彼に傘をさしかけた。

俺は学校でも決して背が低いほうじゃないが、彼はかなり高かった。まるでスポーツ選手並みに……とはいっても、とても彼がスポーツに一生懸命になるタイプではないことは、俺にもはっきり判った。やったとしても、せいぜい、嗜《たしな》む程度というやつだ。

彼は優美な仕草《しぐさ》で額《ひたい》にかかる髪をかき上げ、微笑んだ。

男の自分でさえ、クラリとくるような魅惑《みわく》的な笑顔をいきなり見せられ、俺は目を瞠《みは》った。

「ありがとう」

それが、傘をさしかけたことに対するお礼の言葉だということを理解するのに、少し時間がかかった。

しかし、よく考えれば、こんな道の真ん中で、傘をさしかけている場合でもない。幸い、車通りの少ない道路なので、何も問題は起こってないが。というより、車が少なくなければ、いくら俺がボンヤリ考え事をしていたとしても、信号を無視して道路を渡ろうとはしなかったはずだ。

「とにかく、送っていくから車に乗って。その格好じゃ、家に帰れないだろう？」

俺は半袖のシャツにネクタイという学校の制服を身につけていたが、それは雨で濡れ、転んだからかなり汚くなっている。帰れないわけじゃないが、電車に乗れば、じろじろと人に見られること請《う》け合いだ。

「あんたの車のシートが汚れる」

「構わない。君がよけてくれたから、僕は人身事故から免《まぬが》れたんだ」

そう言われれば、確かにそうだ。歩行者が信号無視をしていようが、接触してしまったら、人身事故ということになる。

「じゃ、お言葉に甘えて」

相手が汚れても構わないというのなら、俺はもちろん一向に構わない。男が開いたナビシートのドアから乗り込んだ。

ナビシートが右、ということは、これは外車か。車に興味のない俺の知識ではそれくらいしか判らなかったが、たぶん有名なやつなんだろう。

俺でも聞いたことくらいはあるＢＭＷとかポルシェとかフェラーリとか。さすがにベンツではないと思うが。

男が優雅《ゆうが》にドライバーシートに座る。

「寒い？」

車内はクーラーが効《き》いていた。梅雨《つゆ》の時期、濡れたシャツが身体に貼《は》りついている状態では、鳥肌が立つほど寒かった。

「ちょっとだけ」

我ながらカッコつけてると思うが、なんとなく通りすがりの彼には、気を許せないものがあった。

もしかして、この派手な外見のせいなのか。人を見た目で判断《はんだん》してはダメだと思うが、見るからに自分とは異質な世界の人間だという気がするから、関わり合いになりたくないのかもしれない。

クーラーが切られ、肌寒さも少しはマシになる。

「家はどこ？」

俺が教えると、車は走り出した。

俺は何か居心地《いごこち》の悪いものを感じながら、眼鏡を外《はず》した。濡れて、よく見えないからだ。ズボンのポケットからハンカチを取り出して、レンズを拭《ふ》いていると、車が止まる。どうやら信号待ちらしい。

「ああ、君、眼鏡を取ると、綺麗《きれい》な顔をしてるね」

不意に話しかけられたかと思ったら、そんな内容だ。俺はムッとして、裸眼《らがん》のまま彼を睨《にら》んだ。

「やっぱり。すごく繊細《せんさい》な顔立ちしてる」

「人がどういう顔をしていようが、勝手だろう？　女じゃないんだから」

もしかして、この男、その手の趣味《しゅみ》の持ち主なのか。でも、本人が何倍も綺麗な顔をしているから、そんなふうに言われることに対しての嫌悪《けんお》感は判るはずじゃないだろうか。

「ああ、失礼。僕はそういうことが気になる仕事をしてるんだ」

彼の仕事がなんだろうが、俺にはなんの関係もないことだ。それに、偏見《へんけん》かもしれないが、こういう派手な外見の男はホストだと思う。もちろん、俺はホストになんてなる気はない。

「あんたはそうかもしれないが、俺には関係ない。自分がどんな顔してようが、どうだっていいよ」

彼はふわりと微笑んだ。

まるで、俺のことを、子供がダダをこねているみたいに思って笑っているようで、かなり不愉快《ふゆかい》になる。

なんだよ、こいつ……。

「失恋でもした？」

いきなりの質問にドキッとする。

どうして判るんだろう。実はホストじゃなくて、占い師だとか。

いや、ただの当てずっぽうだ。だいたい、俺が失恋したのは、もう何ヵ月も前のことだ。今更、失恋してショックです、なんて顔に出てるわけないじゃないか。

「違ったかな。君くらいの年頃だったら、自分の顔が女の子にどう思われるかって、気になるだろ？」

まるで、自分はすごく年上の大人みたいな言い方をされて、これまたムッとくる。俺よりは年上だろうけど、せいぜい……二十代半《なか》ばくらいだろう。としたら、たかだか十歳くらいしか違わないじゃないか。だったら、それくらいの歳の差で、大きな顔をするなと言いたい。

「女の子なんて周りにいない。男子校だから」

「その制服は、天堂《てんどう》高校だね。なら、女の子には興味ないか」

だから、どうして、そんなになんでも知ったかぶりをするんだよっ。確かに、うちの学校は男同士の恋愛なんて日常茶飯事《さはんじ》だけど、外部の人間から、女の子に興味ないだろうと決めつけられるのも、腹が立つ。

「あんた、うちの学校の卒業生？　そうじゃないなら、そんなふうに……」

「卒業生だよ」

あっさりと言われて、拍子抜けする。卒業生なら、うちの学校の特異なところをよく知っているわけだ。

「君、三年？」

「そうだけど」

「名前はなんていうの？」

俺は拭き終わった眼鏡をかけると、再び彼を睨んだ。

「なんでそんなこと訊くんだ？」

「知りたいから」

また微笑まれる。本当にこんなふうにニコニコ笑う奴にはロクな奴がいないと思う。だが、知りたいと言われて、無視できるほど、俺も不遜《ふそん》な人間じゃない。

「澤田一秀。あんたの名は？」

「フユキ。冬を貴《とうと》ぶって書くんだ」

「冬貴《ふゆき》……。苗字？　名前？」

こういう場合にはフルネームで答えるのが礼儀《れいぎ》だと思うが、どっちかひとつだけしか名乗らないなら、苗字だろうか。だが、冬貴なら、名前のほうか。

そのとき、ちょうど信号が変わったので、冬貴は車をスタートさせた。

いきなりのスタートで、身体が揺《ゆ》れる。

「あんた、ちょっと運転が乱暴じゃないか？」

「そうかな」

自覚《じかく》がないのは困る。さっきのことだって、信号無視していたのはこちらだが、この車もスピードをオーバーしていたんじゃないかと、ふと思った。

「人身事故が嫌なら、もっと安全運転したほうがいい。でなきゃ、こんな車に乗ってる資格がない」

カッコばかりの車なら、乗らないほうがいい。やっぱり安全第一だと思う俺は、頑固《がんこ》で融通《ゆうずう》がきかないと人からよく言われてしまう。

「手厳しいな」

冬貴は笑いながらそう言ったが、速度を緩《ゆる》めた。

「真面目なんだね、カズは」

俺はちょっとムッとした。真面目だなんて、褒《ほ》め言葉じゃあり得ないからだ。それに、カズだなんて、どこかのサッカー選手みたいに呼ばれる覚えもない。

「馴《な》れ馴れしいよ。カズだなんて」

「じゃあ、どう呼べばいい？　君の好きなように呼ぶよ。一秀君？　澤田君？」

どうも、それだと真面目さを強調されてるみたいで、嫌だ。だいたい、俺の友達や知り合いは、一秀と呼ぶ。澤田と呼ぶ奴も稀《まれ》にはいるが、一秀と呼ばれるほうが圧倒《あっとう》的に多い。カズちゃんって……呼ぶ奴もいるけど。

いや、それを特別だって思うのも、もうやめにしたい。どうせ、俺には振り向くことのない相手なんだから。それに、この男とこれから何か付き合いがあるわけでもないんだから、カズと呼ばれても、この場限りのことだ。

「カズでいい」

「そう？　じゃあ、僕のことも冬貴って呼んでいいからね」

呼んでいいからねと言ったところで、どっちみち、家まで送ってもらうだけの関係だ。それから、どう発展《はってん》しようもない関係なのに。だいたい、自分の名前を半端《はんぱ》にしか教えないような通りすがりの奴が、親しげに振る舞うなと言いたい。

冬貴はどうにも図々《ずうずう》しくて、調子が狂ってしまう。こういう奴はなるべく関わり合いにならないほうがいい。

「で、真面目なカズは、どうしてこんな夜遅く街をうろうろしていたんだろう」

真面目だけは余計だと思いつつ、変な想像されても嫌なので、答えてやる。

「予備校だよ」

「ああ、そうか。三年だもんね」

冬貴のほうはきっと天堂高校在学中も予備校に通ったことがないんだろう。俺の感覚では、制服姿で鞄を持って、夜にウロウロしてれば、みんな予備校帰りだと思ってしまうが、そういう経験がなければ、よくない遊びをしているように見えるのかもしれない。

「成績、いいんだろうね。そんな顔してる」

真面目そうな顔だと言いたいんだろうか。いい加減、しつこいぞ。

「でも、何か悩みがあったのかな。真面目なカズが信号無視するなんて」

その一言で、俺はキレた。

キレたところで、いきなり運転中の冬貴に暴力を振るうこともできず、俺は黙り込んだ。それが精一杯の抵抗だった。

悩み事があったかなんて、ごくプライベートなことじゃないかと思う。それを逢《あ》ったばかりの冬貴が口にするのは間違ってる。

「変なこと訊いちゃったかな。ごめんね。ただ……通りすがりの僕だから、聞いてあげられることってあるんじゃないかと思ったんだ」

「あいにくと、俺は、そんなこと人にベラベラ喋《しゃべ》ったりしない」

「悪かったよ」

素直にそう謝ると、冬貴は優雅にハンドルを切った。

なんだ、普通に運転できるじゃないか。もしかして、運転が荒いわけじゃなくて、単にスピードを出すのが好きだとか。

だけど、公道でそれをやられたら、たまらない。事故なんか起こしたら、最悪じゃないか。本人は自業自得だが、それに付き合わされた相手が大変だ。

やがて、車は俺の住むマンションに近づいてきた。

思わず溜息《ためいき》が洩《も》れる。

「帰りたくない？」

どうして、この男はこっちの気持ちを見透《みす》かすようなことばかり言うんだろう。本当に何もかも気に食わない。

「そんなに睨まないでほしいな。帰りたくないなら、どこかに付き合うけど」

変な奴。逢ったばかりで、どうしてこんなに親しげになれるんだろう。元々、人懐《ひとなつ》こい性格なのか、それとも、何か特別に下心でもあるのか。

いくら天堂高校出身でも、それはないだろう。俺はそういうタイプ――男にアプローチされるほうじゃないから、こいつだって、そんな気は起こさないと思う。

「いいよ。どっちみち帰らないわけにはいかないんだから」

「残念だな。僕はもうちょっとカズとドライブを楽しみたかったんだけど」

本気かどうか判らないが、冬貴はそう言った。

いや、どうせ冗談に決まっている。一緒にドライブして楽しいような人間じゃないことは、自分でもよく判っているからだ。

「でも、ドライブするなら、こんな雨の夜じゃなくて、明るい昼間のほうがいいね。今度の日曜なんて、どう？」

俺は本気で誘《さそ》ってるのかと、思わず冬貴の横顔を見つめてしまった。

そんなわけ、ないよな。きっと初対面で通りすがりの俺を揶揄《からか》って楽しんでるだけなんだよ。真面目に答えるほうが、バカを見る。

「あ、俺のマンション、そこだから」

ちょうど着いたところで、サヨウナラってわけだ。

車が止まったところで、俺はシートベルトを外す。

「生徒手帳をちょっと見せてくれないか」

「えっ、なんだよ？」

俺はちょっとムッとして訊いてしまった。

だって、まるで、本当に天堂高校の生徒かと疑われてるような気がしたからだ。思わず、シャツの胸ポケットに入っていた、写真つきの身分証明書が表紙から見える生徒手帳を、冬貴の目の前に突き出した。

「ほら、ニセ学生なんかじゃないぞ」

冬貴はクスッと笑って、それを手に取り、車内のライトをつけた。

「ついでに筆記用具、貸してくれないかな」

仕方なく、また胸ポケットに差していたボールペンを差し出した。

一体、何をするのだろうと見守っていたら、まるで校則違反を見つけたときの風紀委員みたいに、勝手に人の生徒手帳をめくったかと思うと、いきなりボールペンで書き込み始めた。

「何、勝手に書いてんだよっ」

抗議《こうぎ》の声を上げると、冬貴は俺のほうに、書いたばかりのページを向けた。

そこには、電話番号と携帯番号が書かれていた。

「これ、あんたの？」

「そう。何かあったら電話して」

「何かって……何もあるわけない」

「実は転んだ拍子に足を打撲《だぼく》していたのに、帰ってから気づいたとかね。ちゃんと責任取るから」

そんなに責任感が強いんだろうかと冬貴の顔を見たが、どうもニコニコと笑っていて、単なるナンパ野郎にしか見えなかった。

いや、でも、こんなに顔もスタイルもよくて、金も持っていそうなら、何も俺をナンパしなくてもいいわけだし……。

ものすごく胡散臭《うさんくさ》いが、これは単なる好意として片付けることにした。

「判った。何かあったらな」

そう言って、車から降りようとする俺の肩を、冬貴は引き寄せた。

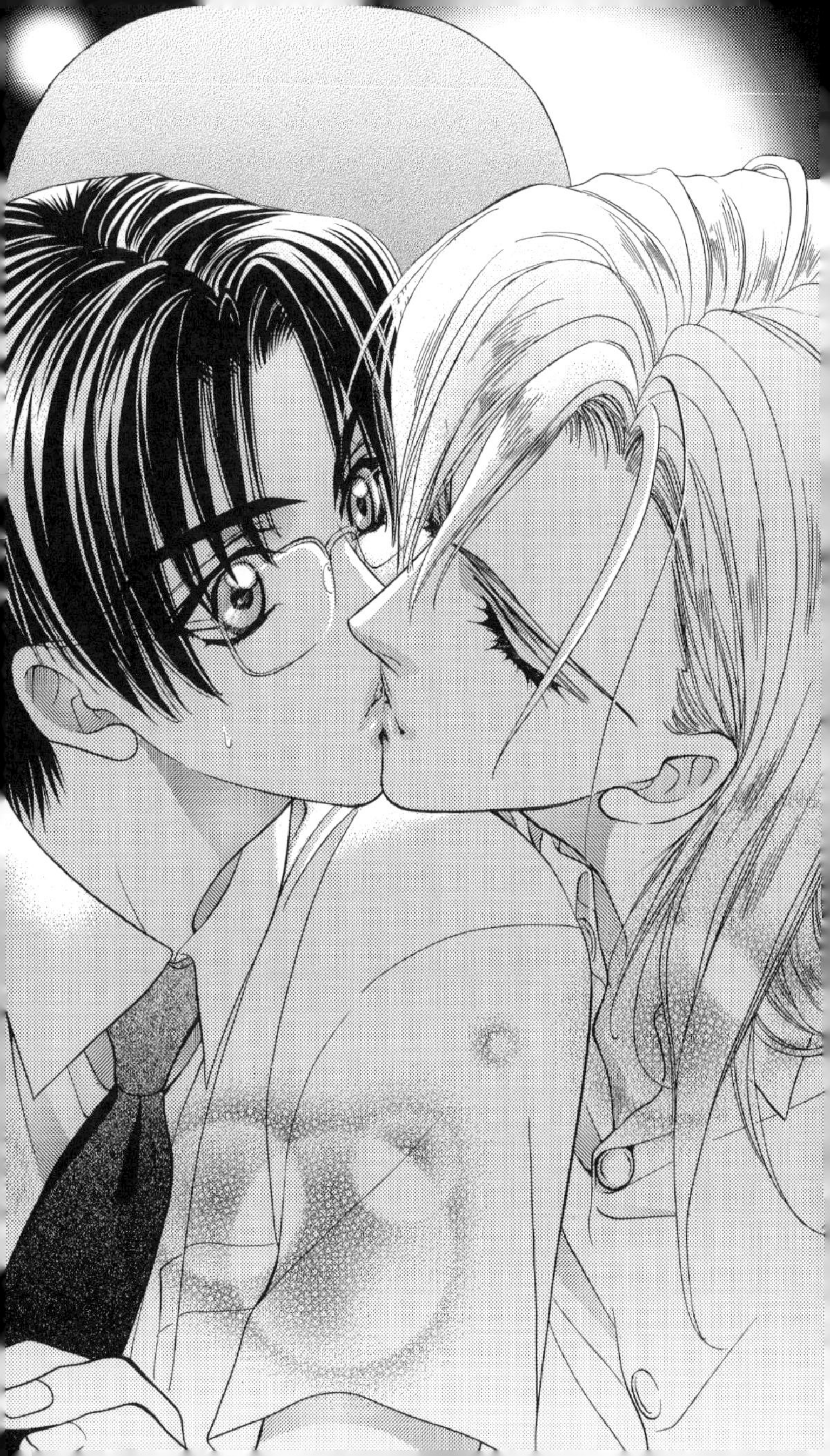

「なんだよ？　他に何かあるのか？」

冬貴の手がライトを消したかと思うと、ぐいとさらに肩を引き寄せられ、唇を何かに塞《ふさ》がれた。

おい……。嘘《うそ》。

なんで、俺がこんな通りすがりみたいな奴にキスされなきゃいけないんだ。

すぐに唇は離されたが、俺は怒りにまかせて、冬貴の顔を平手で殴《なぐ》った。とはいえ、こんな狭い車内で、大して力は出なかったが、小気味いい音はした。

冬貴は殴られた頰《ほお》を押さえ、それでも笑顔で言った。

「僕の顔を殴ったら高くつくんだよ」

「わけの判らないこと言うな。なんで俺があんたにキスされなきゃいけないんだよっ」

「ちょっとしたお詫《わ》びのつもりだったんだけど」

何がお詫びだ。そっちはその気でも、こっちにしてみれば、ただの嫌がらせでしかない。

「とにかく！　あんたとはもう二度と逢わない！」

力を入れて言わなくても、こっちから連絡しない限り、逢う機会なんてないだろうが、一応、言っておく。だが、あっさりと冬貴はそれを否定した。

「そうかな」

唖然《あぜん》とする俺に、にっこり微笑むのが、暗い車内でもはっきり判った。

「また逢えるよ。カズと僕の間に、運命の糸が結びついている限り」

運命の糸って、まさか伝説の赤い糸だって言うつもりじゃないだろうな。

俺は想像して、ゲーッと思った。

早く家に帰って、うがいをしなくては。あんな男にキスされて、それで平然としているほど、俺はキスに慣れているわけじゃないからだ。

俺の家はこのマンションの七階の一室だ。夏休みには新しい家に引っ越す予定だが、今はまだここに住んでいる。

うちの郵便受けには、羽岡《はねおか》という名前が見える。羽岡家の人々の名前が書いてあり、その下に『澤田一秀』の名がある。これでも家族の一員だが、これだけ見ると、まるで居候《いそうろう》だ。

羽岡家というのは、本来、今は亡き俺の伯母――母の姉の家族である。ところが、離婚した俺の母と、伯母の夫がこの春に結婚したことによって、自動的に俺も羽岡家の一員となってしまったのだ。そして、従兄弟《いとこ》だった明良《あきら》とも兄弟になった。

明良は俺より一つ年下で、同じ天堂高校に通っている。男なのに、愛くるしい大きな瞳と可愛らしい顔、そして、子供じみた体型をしている明良を、俺は子供の頃から好きで、大事にしてきた。

しかし、明良は天堂高校に入ったばかりに、俺と同い年の風紀委員長・藤島優《ふじしますぐる》と恋に落ちてしまったのだ。

つまり、俺はあえなく失恋したってことだ。

まあ、失恋自体は仕方のないことだ。明良が藤島を好きだというのに、その仲を裂《さ》くような真似《まね》はできない。

そう思いながらも、俺の胸はかすかに痛んだ。

明良に拒絶《きょぜつ》されたときのことを思い出したからだ。

いつまでも未練《みれん》を持つのはカッコ悪い。だから、なるべく、そのことを引きずらないようにしてきたつもりだったが、今になってそれを思い出してしまうのは、昨日、明良と喧嘩《けんか》してしまったからだ。

喧嘩のきっかけは『名前』だ。

明良は、俺の母と伯父が結婚した際に、俺も羽岡の戸籍《こせき》に入ったと思ったのだ。そして、通称《つうしょう》として澤田の姓を使っているのだと。

ところが、実は明良の父親とは養子縁組をしてないので、そのままだ。ついでに言うと、澤田の姓は俺の父親の姓だ。だから、一緒に住んでいるからには、俺も羽岡家の人間だとは思うが、それでも、戸籍は別だし、苗字も別なのだ。

春休みに、ささやかな結婚式を挙《あ》げたときに、明良が大きな目をクリクリさせて、俺に「これでカズちゃんも羽岡一秀になるんだよね」と言ったとき、はっきり違うと言えばよかったんだろう。

だけど、つい、頷《うなず》いてしまって……。

ついでに、学校では澤田の姓を使うと言ってしまったのだ。

もちろん、そう言ったからには、それをずっと秘密にしているつもりだった。だが、昨日、母親が何気《なにげ》なしに、俺がまだ父親の籍にいることを喋ってしまった。

明良はどうして黙ってたんだと怒ったし、俺は自分が悪かったと思いながらも、たかが名前のことで怒らなくてもという気がして、素直に謝れなかった。

本当は明良と喧嘩なんかしたくない。

だけど……。

やっぱり俺はまだ失恋を吹っきれてないのかもしれない。

ちょうど昨日、明良は藤島を家に連れてきていたから、余計に古傷が痛んだのか。明良の部屋に閉じこもった二人が何をしていたのか、知りたくもないけど、やはり、それを目《ま》の当たりにするのはつらい。

だから、明良につい八つ当たりをしてしまったのかもしれない。

結局のところ、俺が信号無視するほど考えていたのは、このことだった。俺が明良以外のことで頭を悩ませるなんて、あるわけない。

俺はエレベーターで七階に上がり、自分の家のドアに向かう。

夜も遅いので、鍵《かぎ》を使ってドアをそっと開ける。もちろん、みんなが寝静まっているわけじゃないが、帰ってきたぞと主張するようにドアチャイムを鳴らすのも気が引けるわけだ。

けっこう、気分は居候かもしれない。名前や戸籍は別でも、家族の一員だと思うのに。

鞄を持ったまま、まっすぐリビングに向かうと、義父と母がソファでテレビを見ながら、仲良さげにくっついていた。

「ただいま」

声をかけると、二人は驚いたように、こっちを見て、座り位置を変える。

新婚なんだから、別に仲良くしてたって構わないんだけど。

俺はそう思いながら苦笑した。

「おかえり。……えっ、それ、どうしたの？」

母は目ざとく俺の制服の汚れを見つけた。

「車にぶつかりそうになって、よけたら転んだんだ」

「まあ、大丈夫なの？」

「大丈夫だから、ここにいるんだよ」

ぶつかっていたら、病院行きだ。母さんもこんなところで、のんびりイチャイチャしてられなかったんだよ、とひそかに思う。

いや、これじゃ、嫌味だな。俺は母親を取られて淋《さみ》しいというほど子供じゃないはずだ。ただ、なんとなく自分が取り残されたような気分に、ちょっとなっただけだ。

「カズくん、ずいぶん濡れてるじゃないか。寒かっただろう？　早く着替えないと風邪《かぜ》ひくぞ」

義父は歳のわりには、スマートを絵に描いたような格好《かっこう》いい中年で、母の再婚相手としては申し分ない。それに、長い間、伯父と甥としての関係があったから、まったく馴染《なじ》みのない相手じゃなかったし、たぶん今の俺は居心地のいい家庭にいるはずだと思う。

そうだ。俺は幸せなんだよ。

俺は義父に笑いかけた。

「今日はホントにひどい目に遭《あ》ったけど、轢《ひ》かれそうになった車にそこまで送ってもらったんだ」

本当は送り狼《おおかみ》のような真似をされたのだが、それはさすがに内緒《ないしょ》だ。

「そうか。送ってもらったなら、ちょっとはよかったが……車には気をつけないとな」

「はい」

当たり障《さわ》りのない会話をして、俺は部屋に引っ込む。キッチンでは母が俺のために遅い夕食……というか夜食を用意してくれている。

遅く帰宅したからといって、すぐに寝られるわけでもなく、これから学校の宿題や予習がある。そして、勉強もある。予備校での宿題もあるのだ。

勉強は嫌いじゃない。こう見えても、学年一の秀才とも呼ばれているくらいだから、勉強は基本的に好きだ。いや、勉強が好きというより、成績が上がるのが単純に好きだった。

だけど、あまりに余裕《よゆう》のない生活には、時々、音《ね》を上げてしまいそうになる。

明良と喧嘩した夜なんかは特に。

俺は着替えて、部屋を出ると、隣《となり》の明良の部屋をノックする。

「明良」

小さな声をかけてみる。子供のような顔をした明良は、夜寝るのが早いから、もしかして今日は寝てしまったかもしれないと思ったのだ。

だけど、部屋のドアはそっと開き、明良が顔を見せた。

ちょっと怒ったような顔をしているが、もう機嫌《きげん》が直っているのはなんとなく判る。

「昨日はごめんね、カズちゃん」

俺の機嫌を探るような上目遣《うわめづか》いに、思わずぎゅっと抱きしめたくなる。だけど、それはもうしてはいけないことだから。

少なくとも、俺の側に邪心《じゃしん》がある以上、してはいけないことだ。したら、とんでもないことになってしまう。

明良は別の人間に心を寄せている。それが判っているのにできなかった。

俺は微笑みながら、明良の額をコンと弾《はじ》いた。

「俺も悪かった。変なことで意地張ったりしたから」

明良はホッとしたように笑った。そして、その笑顔を見て、俺もホッとするんだ。

「カズちゃん、オレが変なこと言ったら、ちゃんと教えてくれなきゃ」

これは、例の苗字のことだろう。

「うん。だけど、明良がそう信じているのに、違うって言えなかったんだ」

「そうなんだ？　オレ、カズちゃんと兄弟になれるって有頂天《うちょうてん》だったから」

「でも、元から兄弟みたいなものだったし……今だって、そうだろう？　一緒に住んでれば家族じゃないか」

「うん。そうだね」

なんとなく二人で素直になってみれば、会話がスムーズに進む。それが、どうして昨日はあんなふうに喧嘩になってしまったのか……。

藤島と話すときの明良の笑顔が脳裏《のうり》に浮かぶ。

ああ、忘れなきゃ。それは仕方のないことなんだから。

「カズちゃん、今からご飯だろ？　オレもなんか食べようかな。お腹すいちゃった」

「お子様は寝る時間じゃないのか？」

「まだだよ！」

明良はぷっとふくれながら、部屋から出てくる。

俺は明良と一緒にダイニング・テーブルにつき、仲良く遅い夕食をとる。昨日、喧嘩していたのを知っている両親はそれを見て、顔なんか見合わせて笑っているし、これぞ平和な家族の象徴《しょうちょう》って感じだろうか。

「あ、しまった。うがいするの、忘れてた」

家に帰ったら、まずうがいをするつもりだったのに。すでに茶碗のご飯はなくなっていた。

「うがいって？　喉《のど》でも痛いの？」

心配そうに訊いてくる明良に笑ってごまかしながら、俺はあのキスはなかったことにしようと思った。


翌朝、寝起きの悪い明良を急《せ》かして、学校へと向かう。

いつも思うが、そんなに朝が眠ければ、早く寝ればいいのだ。とはいえ、明良は自分は子供じゃないからという理由で、夜更《よふ》かしをしたがる。俺にしてみれば、起こしてもらわないと起きられないという点において、充分、子供だよと思うのだが。

ともかく、いつもの時間、電車に滑《すべ》り込む。

「明良、おはよう」

電車に乗ると、いつものように、明良の恋人・藤島優が現れて、声をかけてくる。

毎日そうなのだが、俺はこの瞬間が大嫌いだ。今まで俺の横にいた明良がいきなり違う人間になるような気がするからだ。

明良の目にはもう藤島しか入らなくなる。藤島に至《いた》っては、最初から明良しか目に入ってない感じだ。俺には挨拶《あいさつ》もしない。

もっとも、藤島なんかに挨拶されたいわけではないが。

藤島は色白で、ハーフでもないのに茶髪だが、これは染めたのではなく地毛ということだ。仮にも風紀委員長だから、まさか染めるわけにもいかないだろう。

身長は高いが、がっちりとした体格ではないところが少し不安だ。いや、大切な明良を任《まか》せるわけだから、何かあったときに全力で明良を守ってほしいからだ。

これだけ明良しか目に入らない奴だから、大丈夫だと思いつつも、この二人は仲がいいわりに、よく喧嘩をするし、その度《たび》に藤島は明良を泣かせているのだ。やはり不安はどうしたってある。

それも、今の二人を見ていれば、余計なお世話なのかもしれないが。

しかし、それにしても、なんだか腹が立つ。まるっきり無視して、二人で盛り上がられても、傍《そば》にいるこっちとしては困るじゃないか。俺のほうが二人の邪魔しないように、気を利《き》かせるべきなのかもしれないが、それもなんとなく嫌だ。

俺は物心ついたときから明良のことを知っている。ずっと明良を大事に守ってきた俺にこそ、明良に対して優先権があるのだと、どうしても思ってしまうんだ。

「明良……」

大して用事もないのに、俺は藤島に夢中になっている明良に声をかけた。

藤島の目が、そこにいたのかという表情をするので、俺も、さっきからいたんだよコノヤロウという視線を返した。

そんなふうに睨み合ったところで、明良は藤島のもので、俺のものではない。ということは、どう張り合っても、俺の負けってことだ。

俺は溜息をついて、明良を見た。

「なに？　カズちゃん」

「あ、いや、昨日の……」

電車が駅で止まり、揺れた。思わず明良の肩を支えようとしたが、一瞬早く、藤島の手が明良の身体を抱くように庇《かば》う。

そうか……。俺の役目は明良を無事に電車に乗せることで、それからは俺の出る幕《まく》じゃないってことだ。

「カズちゃん、昨日のことが何？」

明良は大きな瞳で俺を見つめた。

こんなに好きでも、それはどうしようもないことなんだ。

「いや、なんでもない」

明良は怪訝《けげん》な顔をしたけど、俺は笑ってごまかした。

仕方ない。仕方ないんだ。

俺はなんとか自分の気持ちを胸に仕舞《しま》いこんだ。

新しい恋でもすればいい。そうしたら、こんなつらい気持ちだって、忘れてしまうに違いない。

学校には、いくらだって可愛い子がいるじゃないか。

たとえば……。

俺は下級生の中で可愛いと評判《ひょうばん》の子のことを思い浮かべようとした。だが、頭に浮かんできたのは、昨日の金髪の男だった。

なんで、あいつが浮かんでくるんだよっ。

あいつは綺麗な顔をしていたが、もちろん可愛いなんてタマじゃなかった。だいたい、俺より背が高かったじゃないか。

しかも！　俺に無理やりキスなんてしやがった！

思い出すと腹が立つ。

そして、なんだか気障《きざ》なセリフを言ったよな。運命の糸が結びついている限り…とか、なんとかって。

俺の運命の糸は、明良とは結ばれてなかったかもしれない。誰と結ばれているのか、それは謎《なぞ》だが、少なくともあんな奴なんかとは結ばれてないはずだ。

絶対。

冬貴の金髪と藤島の茶髪が重《かさ》なって見えて、余計に二人とも憎らしく思えてしまった。

放課後、俺は生徒会室へと出向いた。

俺はこれでも生徒会の副会長を務《つと》めている。今思えば、俺みたいな地味な性格の人間が、どうして副会長なんかに立候補《りっこうほ》したんだろうと思うが、確かそのときは、明良と賭《か》けみたいなものをしていたんだよ。

立候補してみなよって明良が言うから……。当選《とうせん》したら、なにかプレゼントをくれるとかなんとかで。どうせだったら、あのときに明良が欲《ほ》しいとでも言っておけばよかったと思う。結局、もらったのは、腕時計だったが。

今でも俺の腕には明良のプレゼントが巻きついている。本当に俺は未練たらしい人間なんだ。とはいえ、明良と兄弟として暮らしているのに、この腕時計を外すわけにもいかない。

生徒会室には、生徒会長の鷹野裕司《たかのゆうじ》とその恋人・山篠由也《やましのゆうや》がいた。

裕司は百九十センチ近い長身の持ち主で、筋肉がしっかりついた体型をしている。そして、本人的には普通の顔をしているときも、下級生からは怖い顔していると噂《うわさ》をされる男だった。正義感が強く、まっすぐな気性を持つ彼は、藤島の親友だが、かつて明良に横恋慕《よこれんぼ》していた時期があった。

もちろん、それは明良と藤島がくっつく前のことであり、明良も一時期、この、気は優しくて力持ちな裕司によろめいていたこともあったのだ。

裕司は明良にフラれた後は、きっぱり男らしく諦《あきら》め、さっさと由也に乗り換えてしまった。いや、こういう言い方をすると、裕司は怒るだろうし、由也は傷つくだろう。そうではなくて、明良に失恋した後に、新しい恋に出会ったのだ。ちゃっかりと。

ああ、どう言っても、嫌味にしかならないが、俺は別に裕司に悪気があるわけじゃない。その切り替えがちょっと羨《うらや》ましいだけだ。

由也は美人系の綺麗な顔立ちをしているが、話すと表情がくるくる変わって、可愛い雰囲気を持つ二年生だ。生徒会室に来るときは、いつも遠慮《えんりょ》深げに振る舞っているが、普段は元気がよく、明るい性格のようだった。

裕司がかつて明良に惚《ほ》れていたことを知って、明良にいろいろとつらく当たっていた時期もあったようだが、今はとても仲良しで、明良からもよく由也の話を聞かされている。あの明良が可愛いと評している由也だ。そんな由也を見事に射止《いと》めた裕司は、やっぱり幸せ者だと思う。

ああ、本当に……。

俺に、裕司くらいの思いきりと運のよさがあったら。

そんなことを言っても仕方ないが、本当に心からそう思う俺だった。

「で、一秀はそこで何を苦悩してるの？」

机に頬杖をついて、ボンヤリ裕司と由也のやり取りを眺めていたら、いきなり目の前に別の顔のアップが現れた。

俺は驚いて、身体を引きすぎて、危《あや》うく椅子《いす》ごと後ろに倒れるところだった。

「人の顔見て、どうしてそんなに驚くかな。まったく失礼な」

腕組みをして、ぷんぷん怒っているのが、生徒会会計の西尾葉月《にしおはづき》だ。

葉月は自称・天堂高校生徒会の天使、らしい。まあ、悪魔という説もあるが、俺はそれに関して言及《げんきゅう》しないことにしている。うっかり、そうなんだよとでも言った日には、呪《のろ》われてしまいそうだからだ。

そんな葉月は、顔だけは天使のように綺麗で清《きよ》らかに見えた。もちろん、生きた人間である限りは、性格だとか人間性だとかいうものを持っているわけで、葉月のそれは、一般常識とはかけ離れていた。

早い話が、あまりよろしくない。いや、必ずしも悪いというわけでもないのだ。きちんと押さえるべきところは押さえ、そのうえで、とてつもない毒舌《どくぜつ》と理論を駆使《くし》して、人を混乱に陥《おとしい》れるのだった。

まあ、はっきり言うと、俺は葉月が大の苦手だったし、いきなり人の顔のアップが現れるなんて、昨夜の冬貴のキスを連想《れんそう》させられたこともあって、俺は倒れんばかりに驚いたのだった。

「じろじろカップルを眺《なが》めるなんて、物欲しそうに見えるから、やめたほうがいいと思うな」

葉月はあっさりと、俺のもやもやした気持ちを看破《かんぱ》した。だが、それが正しいと認めるのも癪《しゃく》なので、慌《あわ》てて言い訳をする。

「そうじゃなくて、ただ、考え事をしてただけだ」

「へえ。でも、由也クンは君に睨まれてると思ってるみたいだよ」

そう言われて、由也のほうに目を向けると、彼はサッと顔を赤らめた。

由也は、自分が生徒会室に来ることがみんなの活動の邪魔になるのではないかと思っているところがあるようだった。

実際には、由也がいるだけで、裕司の機嫌がよくなるので、生徒会室全体の雰囲気もアップするのだった。これが逆に、由也が先に帰ったとなると、裕司はむっつりと黙ってしまうから、雰囲気は最悪になる。そんなわけで、由也にいてもらわないと、副会長の俺としては非常に困る。

「あ、そうじゃないって。俺はただボンヤリしてただけだから」

「じゃあ、カッコつけて考え事だなんて言わずに、さっさとボンヤリしてただけって言えば、いいんだよ」

葉月はまことに手厳しい意見を俺に突きつけた。

それはいつものことだし、葉月に逆らうとロクなことがないので、今回も俺は黙って、再び頬杖をついて、深い溜息をついた。

「ああ、鬱陶《うっとう》しいなあ。一体、何が不満で、そんな溜息ついてんのさ?」

思わず溜息をついてしまったこっちが悪いのかもしれないが、今日の葉月はやけに俺に絡《から》む。どうせ、気まぐれな葉月のことだから、大した理由はないのだろうが、こんな俺のことなんかほっといてくれよの心境《しんきょう》だった。

「いや……裕司は可愛い恋人がいていいなあ、と」

それを聞いた葉月は俺をキッと睨んだ。

「明良ちゃんを裏切る気？」

葉月は明良のファンだ。元は俺や裕司と同時期に、明良にモーションをかけていた一人だが、今では明良の幸せのためなら苦労は厭《いと》わないというファン心理に基《もと》づいた言動《げんどう》をしている。

しかし、裏切るも何も、結局、明良は藤島のものなのだ。明良がそう思っている限りはそうなのだから、俺はいつまでも明良にこだわりたくはなかった。

もちろん、義兄として、明良は永遠に俺の大事な人間であることには違いないから、もし俺が誰と恋をしたとしても、やっぱり明良は俺の気持ちの中で一番上にいるだろう。

「明良は俺を必要とはしてないんだよ」

思わず本音が飛び出して、葉月を呆《あき》れさせた。

「必要とされなけりゃ、明良ちゃんの役には立てないってわけ？」

おいおい。必要とされてなくても出しゃばるのは、ただのお節介《せっかい》というものだ。

俺のほうが呆れてしまうが、そこへ裕司の助け舟が入った。

「明良は別に、おまえ達に役に立ってもらおうとは思ってないんじゃないか」

「裕司は黙ってて。これは僕と一秀の問題なんだから」

俺が明良への想いに終止符《しゅうしふ》を打とうとしていることが、葉月はどうしても気に食わないようだった。しかし、俺は葉月となんの約束をしているわけでもないのだから、こんな難癖《なんくせ》をつけられる覚えだってないと思う。

そうだ。一生涯、明良しか愛さないなどと誓《ちか》った覚えはない。

ただ、いつまでも引きずっているだけで。

そして、俺はもうそろそろ、引きずるのをやめにしたいんだ。

「澤田は明良を大事にはしているが、恋人は別にいたっていいだろう？」

裕司の言葉に、葉月は一瞬黙り込んだが、やがてニッコリ微笑んだ。

「判った。そんなに恋人が欲しいんなら、僕がなってあげるよ」

「おまえだけは死んでも嫌だ」

「どうして？　僕はこんなに可愛いのに」

「自分で言うな！」

確かに顔は可愛いが、中身はそうじゃない。それが判っていて、葉月を恋人になんかできない。

「そうだねえ。僕も一秀とじゃエッチな気分にもならないし」

なられてたまるか。というより、なられたら怖い。どうか、ならないでくれと、いっそ懇願《こんがん》したいくらいだ。

思わずそんなシーンを思い浮かべてしまい、俺はブルブルと身震《みぶる》いした。

ただのエッチでも嫌だが、こいつは変態《へんたい》っぽいエッチをしそうだからだ。本当に、俺は明良が葉月の毒牙《どくが》にかからなくて、よかったと安堵《あんど》している。万が一、明良が藤島と別れて葉月と付き合うことにでもなったとしたら、俺は全力を挙げて、阻止《そし》するだろう。それくらい、そういう意味では、葉月は危険人物だった。

「そこまで嫌がることじゃないだろう？　君ってホントに失礼なんだから」

震えてまで嫌がる俺に、葉月はご立腹《りっぷく》だった。

「こう見えても、僕はモテるんだよ。この間だって、一年生に親切にしてあげたら……」

以下はどうせ葉月の自慢《じまん》話だ。俺はおとなしく聞くふりをしながら、再び、裕司と由也のカップルに目をやる。

人前でいちゃいちゃしているわけではないが、こう、なんとなく判り合ってるみたいな雰囲気が漂《ただよ》っていて、いいなあと思う。

とはいえ、このカップルも平穏《へいおん》無事にくっついたわけではなく、いろんなトラブルも行き違いもあり、時には離れたりもしながら、今はこういう穏やかな関係になったのだ。

裕司は明良のときはやけにあっさりと諦めたのに、由也のときは何があっても諦めようとはしなかった。だから、裕司の中では、明良に対する愛情と、由也に対するそれとでは、まったく違っていたのかもしれない。

俺も、今度恋に落ちたら、絶対に諦めないで成就《じょうじゅ》させたい。そして、可愛い恋人とこんなふうにいい雰囲気で過《す》ごしたい。

それがまるで、恋する少女みたいな漠然《ばくぜん》とした憧《あこが》れだと気づいて、俺は一人で苦笑した。

「一人で溜息ついたり、笑ったり、気持ち悪いったらありゃしない」

葉月にそう言われて、俺は慌てて唇を引き締めた。


生徒会の仕事も終わり、俺は裕司と由也のカップルに後片付けを任せて、生徒会室を出た。いや、押しつけたわけじゃなくて、裕司がしたいと言うので、任せただけだ。とりあえず、二人っきりになれれば、彼らは幸せなのだろう。

今日は予備校のない日だから、早く家に帰れる。足取りも軽く、昇降口に向かおうとしたとき、俺は明良の姿を見た。

いや、正確には、明良と藤島がキスしている場面をだ。

いくら二人がこの学校では公認カップルだったとしても、校内で、しかも昇降口でキスなんかして、いいと思っているのか。

それに、藤島は風紀委員長だ。誰かに見られたら、どうするんだ。

とはいえ、キスしている最中に、さすがに声はかけられない。しかし、じろじろ見るのも悪いので、目を逸《そ》らそうとした。

だが……。

なんだか目が引きつけられてしまったように逸らせなかった。

明良は藤島のものだということは判っていても、俺はどこかで藤島なんかに明良を幸せにできるもんかと思っていた。だけど、こんな場所で、藤島におとなしく身を任せている明良を見ていると、そんな気持ちが間違いだったように思えてくる。

日が沈むまでのこの時間は、光が特別に眩《まぶ》しい。そんな外の光をバックに、靴箱が並ぶ薄暗い昇降口で人目を忍びながらキスする二人は、とても綺麗に見えた。

そして、何よりも、藤島を信頼しきっている明良の顔が……。

まるで、俺では頼りにならないと言われたような気がして。

いや、そうじゃない。明良はたまたま藤島と恋をしただけだ。俺がダメだったわけじゃない。だから、藤島より俺が頼り甲斐《がい》がないというわけじゃ決してないはずだ。

だけど、それでも、俺は何も言えずに、二人のキスに目を奪われてしまったんだ。

やがて、二人は唇を離し、俺には気づかぬ様子で、昇降口を出て行った。時間にしてみれば、ほんのわずかの出来事だ。それなのに、俺にはとてつもなく長い時間に思えた。

二人は揃《そろ》ってどこに行ったんだろうか。二人で仲良く家に帰るのか。それとも……一人暮らしの藤島の部屋か。

俺はやるせない気持ちで、靴を履《は》き替え、外に出た。

今更どうあがいても、明良は俺のものにはならない。たとえ藤島と別れたって、それは同じだ。明良が俺を兄として見ている以上は。

それ以上なんて望めないんだ。

溜息をついて、同じことをぐるぐると考えている自分に苦笑する。

俺にはきっと俺の相手がいるんだよ。どこかにね。

そう思いながら、校門を出たところで、俺はギョッとして足を止めた。

視界の中に真っ赤な物体がある。

それは、昨夜、俺を轢きそうになったものと一緒のものであるようだった。

……いや、あれは単なる偶然だ。そうだ、そんなことがあってたまるか。昨夜の彼が俺の前にこれ見よがしに現れる、なんてことは。

俺は気づかないふりで、通り過ぎようとした。

しかし、その真っ赤なスポーツカーの窓から親しげに声をかける奴がいたんだ。

「カズ！」

もう二度と逢うこともないからと許したその呼び名が今は恨めしい。いっそのこと、聞こえないふりをするという手もあるが、そこまでする根性《こんじょう》は俺にはなかった。

これが葉月なら、無視したいときはきっぱり無視するだろうに。つくづく小市民的発想しかできない自分が情けない。

「なんの用だ？」

俺はコソコソと車に近寄って言った。

そんなにコソコソしなくても、周囲には誰もいなかったのだが。

「もちろん君を待っていたんだよ」

堂々とそう主張する冬貴に俺は眩暈《めまい》がした。

「どうして俺を待たなくちゃいけないんだ？　言っておくが、昨日はまったく車に当たってもいないんだから、修理費請求《せいきゅう》しようとしても無駄《むだ》だぞ」

まさか、そんなヤクザまがいのことをするわけがないと思いながらも、俺はそう釘《くぎ》を刺《さ》した。

冬貴はそれを冗談だと受け取ったらしく、笑って聞き流した。

「ちょっと時間ができたから、カズとドライブしようと思ったんだけど」

昨日、逢ったばかりの俺を、どうしてそんなに気軽にドライブに誘えるのか、謎である。だいたい、男同士でドライブなんかして楽しいのか。普通は違うだろうと思いながらも、天堂高校出身だとそうなのかもしれない。

結局、冬貴は人とはちょっと違う人間だってことで。

いや、そう思うしか、他に方法がない。やはり、いくらなんでも俺を真面目に誘っているとは思えないじゃないか。

こんな金髪頭だが、ちゃんとした大人なんだろうし。

大人は、天堂高校内で流行《はや》っているような遊びはしないだろうと思うのだ。もちろん、真剣に付き合っている恋人達もいるということを判っているが、それでも、俺はあれは半分遊びに近いものだとも思っている。少なくとも、外部の人間からすれば、そうに違いない。

「今日は予備校ないから、早く帰るんだ」

俺はドライブを断るために、そう言ったが、冬貴には通じないようだった。

「じゃあ、もっと早く帰れるように家まで送ってあげるよ」

どうしても、俺を車に乗せないと気がすまないらしい。

とはいえ、このまま駅に向かえば、明良と藤島に逢うかもしれず、それくらいならいっそのこと、冬貴の誘いに乗ったほうがいいかもしれない。

さっきのキスシーンが頭に甦《よみがえ》る。

ふと、胸が締めつけられるような苦しさを、俺は感じた。

もう忘れよう。あんな苦しいことは。

「そうだな……ドライブもいいかもしれない」

そう呟《つぶや》くと、冬貴はにっこり微笑んだ。

俺は冬貴の車のナビシートに乗り込む。昨夜別れたときは、二度と乗ることはないと思ったものだが、今日もこうして乗ることになり、不思議な気持ちになった。

「人の縁《えん》って判らないものだな」

俺の独り言に、冬貴が反応する。

「僕とカズは運命の糸で結ばれているんだよ」

人の独り言に勝手な解釈《かいしゃく》を加えないでほしい。

「そうじゃなくて。普通だったら別れてお終《しま》いのところを、ちょっと努力すれば、また逢えるんだなって思ったんだ。だったら……ダメだと思っても、もっと努力すれば……」

俺は諦めがよすぎたんじゃないだろうか。

明良と藤島のことを、どうしてあんなに寛容《かんよう》に受け止めてしまったんだろう。俺は明良のことを、ずっと前から好きだったのに。

「失恋の相手のこと?」

冬貴は勘《かん》がいいのか、俺の考えていることが判ったようだった。

「もちろん、努力すればなんとかなることはあるけど、どうしようもないことだってあるよ。それはカズにも判ってるよね?」

つまり、一度失恋した相手は諦めろという意味だろうか。

もちろん、今になって、明良と藤島の仲を裂くなんてことができるわけはない。それくらいの理性は、俺だって持ち合わせている。

「あんたはなんでも判ってるみたいに言うんだな」

ちょっと八つ当たり気味の言葉を冬貴に向ける。

「まあ、君より歳は取ってるからね」

それは確かだろうが、歳を取ってるという言い方が、ひどく年寄りじみて聞こえてしまい、俺は苦笑した。

「あんたは何歳？」

「やっと僕のことを訊いてくれたね。二十三歳だ」

「ってことは、たった六歳しか違わないじゃないか」

この六歳の差は大きいと思いながらも、俺は軽口を叩いた。冬貴という人物が俺にはよく判らなかったけど、それでも、少し馴れ合っても大丈夫な相手だと判断したからだ。

「でも、君よりはお兄さんだからね」

お兄さんという言葉が妙にくすぐったく聞こえた。

俺は一人っ子だし、明良という従兄弟を弟のように可愛がってはいたけど、誰かを兄に見立てるということはなかったからだ。

だいたい、明良と一緒にいると、俺がしっかりしなきゃとか、明良を守ってやれるのは俺だけだとか、そんなことばかり考えてしまうのだ。そんな俺に『お兄さん』発言は、ちょっと効いたかもしれない。

別に……誰かを頼りたいなんて思ったことはないが、なんだか新鮮《しんせん》だった。

「機嫌が直ったところで、デートコース行ってみよう」

「なんであんたとデートしなくちゃならないんだよ？」

まさか、カップルがたくさんいるような場所に連れていかれるんじゃないだろうか。そんな場所に、男二人で行くなんて、真っ平だ。

「いいから。俺にまかせて」

まかせてると怖いから、口を挟《はさ》んでいるんだが。

冬貴は鼻歌でも歌いだしそうな雰囲気で、運転している。そんなに俺とドライブするのが嬉しいんだろうかと思ったが、そんなわけはないだろうと思い直す。

明良みたいな可愛い子や、由也みたいに綺麗な子なら判る。そういう子は学校でも人気があるし、一緒にドライブしたらさぞかし楽しいだろう。だけど、それが俺じゃあね。

それに、運命の糸なんて、本当は冬貴だって信じてないんだろう。

じゃあ、これってなんだろう。ただの暇《ひま》つぶしか。

そうだ。さっき、時間が空《あ》いたからと言っていたじゃないか。だから、時間をつぶしに来たんだろう。ということは、もしかして、この男は友達いないのか。

あれこれ考えながら、冬貴の横顔に目をやる。

とんでもなく整った横顔に、キラキラ光る金髪が似合っている。こんな顔なら、いくらでも横に座る女の子は見つけられるだろうに。

「あんた、俺とドライブなんかして楽しい？」

「楽しいよ。だから誘ったんじゃないか」

当たり前のことを訊くなと言わんばかりだ。まあ、この楽しげな表情を見ていると、それは本当なのだろう。

「カズは楽しくない？」

そう訊かれて困ってしまう。

楽しくなんかないと答えるのは簡単だが、乗せてもらってそれでは、なんとなく悪いという気がする。

「楽しくないこともないけど、楽しいっていうのとはまた違うっていうか……」

我ながら苦しい説明だ。だけど、こんな奴が相手でも、人の好意は無にしちゃいけないと思うんだ。つくづく俺って、小市民的だ。

冬貴はクスッと笑った。

「無理しなくていいよ。僕が一方的に君とドライブしたかっただけなんだから」

そう言われて、少しホッとする。

「どうして俺なんかとドライブしたいんだ？」

さっきからの疑問を俺はぶつけてみた。結局のところ、これが気になって仕方ないのだ。

「うーん、ただドライブしたいからじゃダメなのかな」

冬貴はそう言うと、自分で笑った。

「たぶん君みたいなタイプが好きなんだと思う。すごく気になるっていうかね。まあ、ちょっぴり下心つきだけど、今のところは『何か悩みがあるの？　お兄さんになんでも言ってごらん』とか

『おうちまでお兄さんが送ってってあげるからねえ』って感じかな」

それじゃ、まるで小さい子に『お菓子《かし》買ってあげるから、いいところに行こう』と誘う、悪いお兄さんのようだ。

そうか。俺みたいなのがタイプなのか……。

理解はできないが、下心つきだと自分で言うところが、いっそ清々《すがすが》しいかもしれない。とはいえ、下心がある奴なんかと深い付き合いをしたくはないが。

しかし、そういう下心のある目で、俺が見られるとは思ってなかったなあ。今まで、そんな経験もなかったし。

「変わった趣味してるんだな」

あまり実感がなくて、思わずそうコメントしてしまうと、冬貴は吹き出した。

「そうかな。僕はすごく好きなんだよ。君みたいなストイックなタイプ」

「ストイックだとは自分で思わないけど」

俺にだって欲望はある。確かにそれを表面に出すのは苦手だし、嫌なんだが。

「まあ、自分では判らないものかもしれないよ」

冬貴はそう言うと、車を高速へと走らせていった。

どこまで行くんだろう。デートコースだと言っていたけど……。

俺は窓の外をボンヤリと眺めた。

速いスピードで移り変わる景色を見ていると、なんだか俺だけが取り残されていくような、そんな変な気持ちになってくる。

明良に失恋してから、受験勉強に集中して、気をまぎらわせてきたが、それだけじゃ、何かが物足りなかった。明良への想いを思い切ろうとしても、明良は近くにいすぎたし、藤島と仲良くしている場面を見せつけられてばかりいたから、忘れようにも忘れられなかった。

冬貴と一緒というのはともかくとして、こうしてドライブするのも、いい気分転換かもしれない。一時しのぎなのかもしれなかったが、今だけでも明良のことが忘れられればいいから。

やがて、車は目的地に着いた。


冬貴が車を止めたのは、とてもデートスポットとは言えない場所だった。

そこは神社の駐車場だった。正月にはにぎわう場所も、今は閑散《かんさん》としている。その中に、冬貴の真っ赤なスポーツカーは目立ちまくっていた。

とはいえ、本当のデートスポットであっても、その車は目立つだろうし、金髪の冬貴はもっと目立つだろう。いや、金髪だから目立つわけではなく、彼自身が目立つ容姿《ようし》だからだ。

そんな冬貴と一緒にいるのが高校の制服を着ている地味な俺だなんて、想像しただけで落ち込んでしまう。冬貴に釣り合うのは、ゴージャスな美女か何かでなければ、おかしいと思うからだ。

まあ、俺が横にいたって、冬貴の影にかすんで誰も気づかないだろうけど。

とにかく、冬貴が連れてきたのが、こんな場所でよかったと思うわけだ。

「お参りして、ずっと奥のほうに行くと、茶屋があってね。そこでおいしい団子が食べられるんだ」

おいしい団子……。

冬貴の容姿からおいしい団子を食べているところが想像できず、俺は笑ってしまった。

「団子好き？」

冬貴はまったく勘違いなことを訊いてくる。それもまた、おかしい。

「好きだよ」

そう答えるしかないという感じだ。あんまり俺が笑うから、冬貴は不思議な顔をしたけど。

「じゃ、行こうか」

冬貴はさり気なく俺の肩を抱いた。

「えっ？」

「デートだからね」

「デートじゃなくて、ドライブだったはずだ」

これがデートであろうがなかろうが、男同士でくっついていたくない。いくら人が少ないとはいえ、まるっきり人がいないわけじゃないのだ。第一、明良みたいな可愛い子の肩を抱くならともかく、俺が抱かれるのは嫌だ。

「仕方ないなあ」

冬貴はまるで俺が悪いみたいに溜息をついて、手を離した。そして、先に立って、歩き出す。

俺は一瞬、彼の後ろ姿に目を奪われた。

均整《きんせい》の取れたスマートな身体つきだというのは、よく判っていたが、歩き方が妙にキマッているのだ。

なんというか……そう、格好いいという言葉が一番妥当《だとう》な気がする。

格好いいと言うと、俺が冬貴に憧れを抱いているみたいで、すごく嫌だが。言葉としては、一番当てはまっていると思う。

背筋がスッと伸びていて、気持ちのいい姿勢だ。そして、その長い足が前に踏み出される度に、金髪が揺れていく。

不意に、彼が振り向いた。

「カズ？」

どうして来ないのかという意味らしい。俺は慌てて彼の横へと駆けていった。

「どうかした？」

「いや、別に」

まさか後ろ姿に見とれてましたとは言えない。ホントに我ながら赤面もののことをしてしまったと思う。

しかし、冬貴の横を歩いていると、身長の違いだとか、足の長さの違いなどが判ってしまい、横に並んだのは失敗だったようだ。

俺と冬貴はまず神社にお参りした。俺は受験勉強が実りますようにと熱心に祈《いの》って、顔を上げると、隣の冬貴はまだ祈っていた。

何か真剣な願い事があるのかと思ったが、顔を上げると、俺のほうを見て、にっこりと笑った。

「ここ、縁結びの神社なんだよ」

それを早く言えという感じだ。それだったら、冬貴と揃って、神様にお願い事などしなかったのに。それに、縁結びと受験はなんの関係もない。祈っただけ損とまでは思わないが、なんとなく祈った分の時間を返せという気になった。

神殿《しんでん》の脇を通り抜けると、団子がおいしいという茶屋が見えてきた。

「冬だと甘酒なんかもおいしいんだけどね」

そう言いながら、冬貴は団子をおごってくれた。それを外のベンチで食べていると、まるでピクニックでもしているようだった。

「この辺、桜の木も多いし、花見のシーズンにはいいかもしれないな」

桜の花びらが舞い落ちる中で、団子を食べているシーンを思い浮かべ、俺は一人で風流《ふうりゅう》な気分に浸《ひた》っていた。だが、冬貴は苦笑しながら言った。

「花見のシーズンには人も多いからね」

確かに、人が多かったら、あまり風流な感じもしないかもしれない。騒《さわ》がしくて、ゴミなんかも落ちていて……。

そして、冬貴と一緒にいたら、やはり目立って仕方がないだろう。いや、何も、来年の花見の時期に、彼と一緒でなければならないわけじゃないが。

人が少ない今だからこそ、俺と冬貴がベンチで団子を食べていても、じろじろと見られることもないわけだ。

本当に改めて見ても、冬貴は並外れた美貌《びぼう》の持ち主だった。顔が綺麗なだけじゃなくて、姿勢や立ち振る舞いもそうだったから、普通の自分が横にいると、どれだけ平凡に見えるだろうと思う。

平凡に見えることは、仕方ない。というか、別に俺が冬貴の恋人ってわけじゃないし、そんなふうに見えることもまずないだろうから、どう見えたって構わないはずだ。

俺は俺、なんだから。

不意に冬貴が俺のほうを向いたので、俺はドキッとする。

「何？」

どうやら俺はずっと冬貴の顔ばかり見ていたらしい。冬貴は俺の視線を感じて、何か言いたいことがあると思ったのだろう。

「え…と、花見がダメなら雪見とか」

何を言ってるんだ、俺は。

そんなことを言ったら、まるで、俺がもう一度、冬貴とここに来たがっているみたいじゃないか。

案の定、冬貴は満足そうな顔で頷いた。

「そうだね、雪見しながら甘酒っていうのもいいよね」

「別につ、あんたと来たいって言ってるんじゃないぞっ」

わざわざそう付け加えたことによって、ますます冬貴を喜ばせてしまったようだ。まったくもって恥ずかしい限りだ。

「この先に、紫陽花《あじさい》が咲く庭園があるんだ。ついでだから見て帰ろう」

冬貴は微笑を浮かべながら、ベンチから立ち上がった。

もしかしてデートコースと言ったのは、一般のデートスポットに行くという意味ではなく、冬貴自身のデートコースということじゃないだろうか。つまり、このコースを何人もの彼だか彼女だかと共に訪れた、と。

なんだ、そうか……。

いや、冬貴の言うことを真に受けたわけじゃないよ。そんな……俺みたいなタイプが好きだとか、なんとかって。

だけど、たまにはまともなことを言うし、ちょっとは見直した部分もあったのに、やっぱり見たとおりのナンパな軽薄《けいはく》野郎なのかと思ったら、がっかりだ。もちろん、冬貴がどんな男でも、俺には関わりがないことだけど。

まあ、俺みたいな成績だけが取柄《とりえ》の高校生を、本気でどうこう思ってるわけはないだろうし、冬貴がどんなことを言おうが、まともに受け止めなければいいだけの話だ。

デート云々《うんぬん》はともかく、俺はただ気分転換のために、ここに遊びに来ただけだと思い直した。

そうだ。綺麗な紫陽花でも見て、気分を変えよう。とはいっても、花を愛《め》でる趣味はないし、花が咲いていようがしぼんでいようが、なんの興味もないが。

とりあえず、俺は冬貴の後をついていった。

しばらく歩くと、目の前にピンク色が広がった。

派手なピンクではなく、落ち着いたピンク色の紫陽花群が咲き乱れている。

「こんなに綺麗なのに、あんまり人に知られてないんだよ。それでも休日なんかには写真を撮りに来る人もいるみたいだけど、平日はまさに穴場って感じかな」

俺は思わず吐息を洩らした。

いくら花を愛でる趣味はないといっても、俺だって、人並みに綺麗なものには反応するのだ。

「カメラがあればいいのに」

俺の呟きに、冬貴は少し咎《とが》めるように言った。

「写真より鮮《あざ》やかなのは、人の記憶だ。もちろん、写真には写真のよさがあると思うけどね」

こういうところが気障でたまらない。でも、こんな容姿の男が言うのは、ちっとも変じゃなくて、それどころか、あまりにハマりすぎているくらいだ。

それに……。

冬貴の言うことは、正論のような気がする。

俺は紫陽花の咲く庭を見渡した。

紫陽花の中のひとつひとつは地味な花だが、それが集まって一個の花になり、それが何本も咲き乱れて、こんな綺麗な庭ができあがるんだ。

よく見ると、場所によって色の違う紫陽花もある。確か紫陽花はリトマス試験紙みたいに、土壌《どじょう》が酸性かアルカリ性だかで、花の色が変わると聞いたことがある。

「カズ……」

不意に声をかけられ、肩に手を置かれる。

「な、なんだよ……」

周囲には誰もいない。だが、親しげに肩に手を置かれるのも、ちょっと嫌だ。

「ちょっと眼鏡を取ってごらん」

俺はわけが判らなかったが、早く手を離してほしくて、眼鏡を取ってみた。

「あっ」

肩から手が離されるのではなく、反対に引き寄せられる。驚いて、冬貴の顔を見上げる俺の頬に、彼のもう片方の手が添《そ》えられた。

「君って、紫陽花みたいに綺麗だ」

なんだ、その口説《くど》き文句は……！

一瞬、呆れて、ものが言えなくなる。そして、その次の瞬間――。

俺は奴にまんまと唇を奪われていた。

あんまりそれが自然な動作だったので、思わず、抵抗するのを忘れていたくらいだ。驚いたことに、ご丁寧《ていねい》にもするりと舌まで入ってくる。

なんというか……こういうことには慣れているんだろうなあと思わせるキスだった。

自分の舌が冬貴の侵入《しんにゅう》してきた舌に触《ふ》れて、俺はやっと正気《しょうき》に返って、彼の身体を押しやった。

冬貴はさっと唇を離したが、その引き際もやたらと慣れているようで、俺はそれが不愉快だった。

もちろん、冬貴が俺に対して不誠実《ふせいじつ》だとかではなく、俺をそんなふうに遊び相手にしようとしていることが気に食わなかったのだ。

「俺は、あんたみたいに遊びでキスなんかできないんだよ！」

強い口調でそう言うと、冬貴は柔らかな笑みを投げかける。

「僕だって、そうなんだけどね」

なんだかムッとする。それが本当なら、どうして俺にキスなんかするんだと言いたい。

「だいたい、紫陽花みたいに綺麗だなんて、よくそんな恥ずかしいことが言えるな。そんな口説き文句をあんたはいつも使ってるのか？」

「僕は思ったままを言ったまでだ。紫陽花と君が僕の目の中で同じ風景に溶け込んで見えたとき、本当にそう思って、キスしたくなったんだ」

この男、口が上手すぎる。

というより、そんな口説き文句をどうして俺に使うんだ。俺は一介の高校生にすぎない。それも、十人並みの容姿を持った男だ。芸能人張りの美貌を持つ男に言われたくない。

「あんたといると、疲れる」

「そうかな。僕は君といるとすごく楽しいよ」

どこが楽しいのか、さっぱり判らない。もしかして、いちいちこんな反応する俺を揶揄うのが楽しいのか。

そういえば、そういう楽しみ方をする奴が、俺の学校にもいたな。

俺の脳裏に葉月がにっこりと笑った姿が浮かぶ。

ああ、あんな俺の天敵みたいな奴のことを思い出すなんて。

俺は苦手にしているのに、気がついたら、俺の隣にいたりするんだよな。たぶん、あれこそ遊びで俺につきまとっているだけなんだろうが。本人は『明良ちゃん命』だと言っているし。

「そろそろ暗くなるから、帰ろうか」

冬貴はさっきのキスのことなんて、まるっきりなかったかのように言った。

本当に俺はこれで受験勉強の疲れをリフレッシュできているんだろうか。疑問に思ったが、自分が冬貴とドライブすることを選んだのだ。もう、とやかくは言うまい。

駐車場まで戻り、派手な車に乗る。

俺は地味な車のほうが好きだな。乗せてもらっておいて、文句を言うのもナンだが、そう思った。

車が発進して、しばらくして、俺はさっきまでの道を逆に走っているわけじゃないことに気づいた。つまり、帰ろうと言いながら、ちっとも帰り道を走ってないということだ。

「俺をどこに連れていくつもりなんだよ?」

「え? お腹すいただろう? おいしいレストランに連れていってあげる」

「えっ、でも、俺……」

どんなところに連れていかれるのか判らないが、余分な金なんか持ち歩いていない俺は、レストランで食事なんかできない。

「君と食事したいんだ。おごるから、ね?」

と言いながら、冬貴は俺のほうを向く。

「運転中によそ見するなよ。頼むから」

本当に心臓に悪い。人を横に乗せるのなら、もっと真面目に運転しろ。

「じゃあ、決まりだね。ありがとう」

俺は一緒に食事をするとは一言も言ってないような気がするが。それでも、よそ見運転されるよりはマシだろうか。

しかし、冬貴は本当に強引な性格のようだ。結局、すべてが冬貴の思うとおりになっているような気がしてならない。

それにしても、どうしてここまで、冬貴は俺を思うとおりに連れ回さなければならないんだろう。いや、これはただの遊びなんだ。冬貴は元々、こんな強引な性格で、相手は誰でもいいけど、とりあえず今日は俺を遊びのダシにしているだけなんだ。

俺はそう思いながらも、なんだか妙に落ち着かない気分を味わっていた。冬貴の考えていることがよく判らない。それがとても俺を不安にさせていたんだ。


日が暮れ、暗くなった頃にそのレストランに着いた。

海辺のレストランだが、もう俺にはここがどこだか判らなくなっていた。とりあえず海辺だってことは潮の香りや波の音で判ったというくらいだ。

レストラン内はあまり明るくなく、落ち着いた雰囲気だった。人もまばらで、混んでないところが、例の神社同様、冬貴のお勧めなのだろう。

店の中央には白いグランドピアノがあり、ジャズっぽい音楽が奏《かな》でられている。客の注目はそのピアノの奏者に集まっており、ここでも冬貴の美貌は人目につかずにいた。

やっぱり、本人も自分が普通に振る舞っていても目立つことを知っているんだろう。だから、人目につかないようにして……と思ったが、だったら、あの車はなんなんだと思う。人目につくのが嫌なら、あんな車には乗らないはずだ。

　ということは、デート中（そう表現するのは不本意だが）は、人に見られたくないとか。芸能人じゃあるまいし、ちょっと目立つ容姿だからって、それはないだろう。まさか、デート現場を目撃《もくげき》されると、週刊誌に載《の》るわけでもないだろうし。

　冬貴は俺にメニューを見せる。

　なんだか判らない難しそうな料理の名が並んでいる。日本語の下に書いてある文字はフランス語だろうか。ということは、フランス料理なのか。とりあえず英語ではなさそうだが。

「よく判らないから、あんたと同じもの」

　冬貴はボーイを呼んで、ナントカのコースとかを頼んだ。

「いいのか？　高そうな料理頼んで」

　俺はボーイが去った後、小声で冬貴に訊いた。

「カズとデートなんだから、奮発《ふんぱつ》するよ」

　冬貴は余裕の笑みで俺を見つめた。

　ああ、これはホントにデートなのか……？　遊びでも、冬貴にとっては、これはデートと呼ぶのかもしれない。

　そのデートの相手が俺だなんて、何かの間違いでしかないと思うが、その反面、遊びなんだからいいかという気もする。どちらにしても、いい加減、冬貴に振り回されるのはやめようと思った。

だいたい、いちいち反応するのも疲れてしまった。冬貴は俺とは価値観《かちかん》の違う人間なのだろう。それをああだこうだと考えても始まらないし、どうせ奮発して奢ってくれると言うのだから、昨夜の制服のクリーニング代くらいの気持ちで受け取ろう。

そう考えると、少し気が楽になった。運ばれてくる料理はどれもおいしくて、満足のいくものだった。

現金かもしれないが、腹がいっぱいになると、俺の機嫌もよくなっていって、冬貴と一緒にいるのも悪くないと思ってしまった。

まあ、でも、冬貴と俺がこれ以上、何か付き合いがあるかって言えば、そうでもないだろう。今日だって、冬貴がたまたま仕事が空いたからって、校門前で待ち伏せしなければ、実現しなかったデートだ。

まして、俺のほうから連絡することなんて、あり得ないし。

だから、これでいいんだ……。

店を出て、車に戻ろうとする俺に、冬貴は声をかけた。

「少し、歩かない？　せっかく海辺に来たんだから」

何がせっかくか判らないが、ドライバーの冬貴がそう言うのなら仕方ない。というより、夕食をごちそうになったせいで、どうも冬貴に対して借りができてしまったような感じだ。

内心しまったと思わないでもないが、やはり、このデートが何度もあるわけでもないから、今日だけの話だ。

堤防《ていぼう》が続く道路には、車が横付けにされ、何組かのカップルがいた。暗いから仲良くし放題なのかもしれないが、はっきり言って、俺と冬貴は場違いだ。

カップルの中に、男同士で行くなんて、まるで覗きみたいじゃないか。幸い、暗いから、すぐには俺達が男だとは判らないので、それだけが救いだった。

気がつくと、性懲《しょうこ》りもなく冬貴の手が俺の肩に回されている。

「あんた、しつこいなあ」

「いいじゃないか。暗くて、どうせ見えないよ」

セクハラ親父みたいなことを言いながら、冬貴は調子に乗って、俺の肩を引き寄せる。

「キスしていい？」

「いいわけないだろっ」

しかし、訊いてくるところはまだ可愛いものだ。紫陽花の庭園では、問答無用《もんどうむよう》の不意打ちだったからな。

冬貴はクスクスと笑っている。

「ファーストキスの相手は僕だった？」

「違う！」

それは自信を持って断言《だんげん》できる。俺のファーストキスは明良に捧《ささ》げた。というか、明良に無理やりした、が正解だが。

「でも、ずいぶん慣れてないみたいだったけど」

「……そんなことない」

急にトーンダウンしてしまっては、それが図星だと言っているようなものだ。

「慣れてるんだったら、僕と何度したっていいよね」

「どうしてだよ？　いくら慣れてたって、キスは好きな奴とするものだ」

「だから、僕はカズとしたい」

あんまりしつこいので、俺は溜息をついた。

「あのさ、俺は普通の高校生なんだよ。あんたがどんな生活してるか知らないが、俺は遊びでキスなんかしない」

「僕だって、遊びで、わざわざ空いた時間に君を待ち伏せしたりしないよ」

急に真面目な声で言われて、俺はドキッとする。今まで、どこかふざけた調子の声だったのに。

本当に冬貴が俺のことを好きなんじゃないかと、思ってしまった。

いや、そんなことはない。あるはずないじゃないか。

俺の肩から手が離れていく。俺は反射的にその手を掴《つか》んでいた。

「何？」

「あの……」

俺は思わず掴んだ手を離した。

一体、何をやってるんだ、俺は。

自分の行動の意味が判らず、呆然《ぼうぜん》とする。これじゃ、まるで、俺が冬貴を追いかけているみたいじゃないか。

冬貴は俺の気持ちを見透かしたようにクスッと笑った。

「本気だから。信じてもらって構わない」

そんなこと言われても困る。だいたい、昨夜逢ったばかりで、どうして本気だとかそういう話になるのだ。

というか、俺と冬貴は男同士だし。冬貴は高校生じゃない大人なんだから、そんなこと、気軽に言えないだろうと思うのだが。

しかし、現実には、冬貴は確かにそう言った。

そして……。

俺を素早く引き寄せると、唇を重ね合わせてきた。

あ、またキスされてしまった。

不意打ちには弱い俺は、今度も舌を差し込まれていた。舌が触れ合う。もちろん、ディープキスは初めてじゃない。だが、明良としたときとは違っていた。

何故《なぜ》なら、明良のときは自分が主導権を握っていたからだ。だけど、今は違う。冬貴に舌を絡め取られて、パニック寸前だ。

唇が触れただけなら、身体を離せばいい。舌が触れただけでも、身体を押しやればいい。だけど、絡め取られたら、どうしていいか判らない。

心臓がドキドキしている。こんなの、初めてだ。

俺がどうしてこんな男にキスされているのか判らないけど、それでも、初めて本格的なキスを人から施《ほどこ》されて、動揺《どうよう》しているのは事実だった。

そう。これはただの動揺だ。変な意味のドキドキなんかじゃない。

まして、興奮しているなんてことは、絶対ない。

時間にしてみれば、ほんのわずかだったのかもしれない。だが、俺には長い間キスされていたように思えた。

やがて、唇を離され、俺は呼吸を整えた。キスの間、まともに息もできなかったなんて、恥でしかないが。

「帰ろうか」

本気だと言ってキスしたその後の言葉がそれじゃ、今までのことも信憑性《しんぴょうせい》が薄い。一体、冬貴の本性はなんなんだろう。そして、本当の気持ちは……。

もう、さっぱり判らない。

俺は脱力しながら、先に立って歩く冬貴についていった。

冬貴はマンションの前に車を止めると、俺に軽く挨拶のようなキスをした。

これでもう四回目のキスで、三度目の激しいキスに比べると、もうそんな子供みたいなキスでは驚かなくなっていた。

我ながら、慣れって恐ろしい。もしかして、それが目的なんだろうか。冬貴がもし俺に本気だというなら、そうして慣らしていって、次の段階に持ちこむ、とか。

次の段階って、一体なんだろう。想像は……したくない。いくらなんでも、俺はそんなことに慣れたくはないからだ。

長い時間を一緒に過ごしたが、相変わらず、冬貴の考えていることは判らないし、何者なのかも判らない。そうだ、冬貴というのが本名かどうかだって判らないじゃないか。

こんな男に本気だと言われたって、信用できるわけもない。

「じゃ、何かあったら連絡して」

別れ際に冬貴はこう言った。

「あんたにする話なんかない」

「悩み相談受け付けてるからね。いつでも連絡して」

腹が立つほど、冬貴はマイペースだ。誰が悩み相談なんかするかと言いたいところだが、これ以上、何か言っても仕方がない。その代わり、食事の礼を言った。

「うん。また、どこかに行こうね」

「どうして？」

思わず訊き返してしまった。誘っているようなその言葉の裏には、俺の意思は関係なく、自分の意思を通すような強引さが見えていたからだった。

「もっと君を楽しませてあげたいから。カズの笑顔が見たいんだ」

くさいセリフもここまでくると感心する。やっぱり、こいつはホストかもしれない。ホストで女の客を相手にするのに飽きて、男に手を出そうとしているんだよ。じゃあ、冬貴という名は、源氏名なのかもしれなかった。

俺の頭の中に、ホストに弄《もてあそ》ばれる男子高校生という図式が浮かんだ。

そうか。なるほど、そうだったか。

「ま、こっちも気晴らしできたからいいか」

お互い、そういうつもりならば、気兼ねはいらない。俺はつまり冬貴の気晴らしに付き合ってやったわけだ。

「そう。気晴らしでいいから、またデートしよう」

しつこいほどにそう言って、冬貴は俺の手を握る。俺は苦笑しながら、その手を外した。

「判った。じゃあな」

俺は適当にあしらって、車から降りた。

思わず溜息が出る。振り返ると、冬貴はまだ車を発進させずに、こちらをじっと見ていた。

もう、気晴らしの時間は終わったんだよ。

俺はそう思いながら、自宅マンションへと入っていった。


家に帰ると、明良はなんだか機嫌が悪かった。

「カズちゃん、一体、どこ行ってたんだよ？」

俺が自分の部屋のベッドでくつろいでいるところに、風呂上がりらしき明良が頭にタオルをかぶってやってきて、文句を言う。

どこに行ってたと訊かれるとは思わなかった。いや、知り合いと逢ったから、遅くなるし夕飯はいらないと電話はしておいたから、何も問題はないはずだ。毎日、「勉強ばかりしているから、身体を壊《こわ》さないでね」と可愛らしいことを言ってくれたこともあったのに、どうして今日はこんなに機嫌が悪いんだろう。

「藤島と喧嘩でもしたのか？」

ベッドから起き上がり、そう言うと、明良の顔は泣きそうになる。

「そうじゃないけど……」

明良はストンとベッドに腰を下ろした。

明良と藤島は仲がいいくせに、よく喧嘩するのだ。それも、傍《はた》から見てると、ものすごく馬鹿馬鹿しくなるような痴話《ちわ》喧嘩だ。

「どうせ、いつものやつだろう？　早く仲直りしろよ」

俺は明良の頭をタオルの上からくしゃくしゃと撫《な》でた。

いちいち痴話喧嘩の内容を聞くほど暇じゃないし、未だに明良に片思い中の俺はノロケみたいな話を聞きたくはないのだ。明良は俺がとっくに吹っきれてると思っているのかもしれないが、そうじゃない。藤島の姿を見るのだけでも嫌なのに。

「みんな、そうやって、いっつもオレを子供扱いする」

「藤島にも子供扱いされたから怒ってるのか？」

明良はこくんと頷く。そういう仕草がすでに子供じみていることに、本人は気づいてないのだろうか。

しかし、さらに馬鹿馬鹿しいことに、明良のそういうところが俺は好きだった。おそらく藤島も同じだろう。

「いいじゃないか、子供っぽくたってさ。いかにも明良って気がするし」

痴話喧嘩の仲裁《ちゅうさい》なんかしないと思いつつも、結局はフォローしている自分が少し情けない。それでも、こんなふうに明良が悩んでいたら、助けてあげたいと思うのは、自然な感情だった。

フォローするからこそ、明良も俺に悩みを打ち明けるわけだし。

損な役回りだと判っていながらも、俺は明良には弱いのだ。

「オレは真剣に悩んでるんだよっ」

明良がどんなに真剣さをアピールしても、可愛いほうが好きなんだから仕方ない。いや、気持ちが判らないわけじゃない。女の子じゃないから可愛ければいいという問題でもないからだ。

いくら明良が可愛くても、天堂高校内で一生を終えるわけにもいかないのだから、将来のことだってある。そもそも、藤島との恋が一生ものだなんてことはないだろう。

そう思うと、なんだか明良が可哀想になってきた。

「そうだな。藤島と別れたときのために、そろそろ子供っぽいのから卒業しなきゃな」

俺は真剣に言ったのだが、明良にその一言は禁句《きんく》だったらしい。

「オレは優ちゃんと別れたりしないよっ」

「……もしもの話だ」

明良に詰め寄られて、俺も慌てて前言を翻《ひるがえ》す。

まったく人が真剣に将来を思いやってみれば、こうだ。だったら、藤島にでも相談すればいいのだ。

どうせ、藤島の奴だって、可愛いほうがいいだのなんだのって言うはずだから、結果は目に見えているが。

「もう、カズちゃん。真剣に考えてよっ」

おい、真剣だぞ、俺は。

だが、明良は俺の胸をポカポカと殴った。もちろん、軽く殴っているから、痛くもかゆくもない。ただただ、そんな仕草も可愛いだけだ。

正直言って、俺は藤島が羨ましい。明良を好きなだけ、可愛がることができるんだから。

「おい、明良。いい加減にしないと、こうだぞ」

思わず本性を見せて、明良の身体をギュッと抱きしめる。

ああ、いい抱き心地だ。これくらい、悩みを聞いてやっているんだからいいだろうと、まるでセクハラのようなことを考えてしまう。

俺の胸の中でもがいていた明良を、頃合を見て、離してやる。

顔を上げた明良はなんだか妙な表情をしていた。

「カズちゃん……なんかいい匂いがするんだけど」

「えっ、なんの匂いかな」

身に覚えがなくて、くんくんと自分の腕を嗅《か》いでみる。

「香水みたいな匂いだよ」

ハッと思い出した。冬貴が確かそんな匂いをさせていたはずだ。どうやら、それが移ってしまったらしい。

さっさと服を着替えておけばよかった。こんな匂いをさせて、明良を抱きしめてしまったなんて。

俺の脳裏に、冬貴とのキスが浮かんだ。

この俺が女みたいに抱きしめられて、舌を絡め取られて……。

「女の人……と逢ってたの？」

明良は躊躇《ためら》いがちに訊いてきた。

女のように髪は長いが、女ではあり得ない。いや、女だったら、どんなによかったことか。

明良は、俺が誰かを『抱きしめる』ことはあっても、誰かに『抱きしめられる』なんてことがあるとはまさか思わないだろう。俺だって、思わない。今だって、信じられないくらいだ。

「俺が誰と逢ったっていいだろ！」

つい突き放したように言ってしまい、明良はムッとしたようだった。

「いいけど、お母さんがせっかく作ってくれた料理を食べないなんてダメだよ」

「夕食はいらないと電話は入れた」

「だけど、あのときはもうカズちゃんの分もできあがってたんだよ。電話するなら、もっと早くにしたら？　予備校のない日だからって、お母さんはカズちゃんのために作ってたんだよ」

「そんなことはないさ。新婚家庭なんだから、俺なんかいてもいなくても同じだ」

「違うよ！」

見ると、明良は目に涙を溜《た》めている。

ちょっと、待て。そんなに怒ったり、泣いたりするようなことじゃないはずだ。こんなことで喧嘩しても、なんにもならない。

「悪かったよ、明良」

俺はとりあえず謝った。これ以上、喧嘩をしたくなくて、自分が折れてみたのだが、その気持ちが明良には判ってしまったのだろう。

「カズちゃんは、そうやって謝れば、オレの機嫌が直るって思ってるんだろう？」

実際、今までそうだったから、そうしたまでだ。

「じゃあ、明良は俺にどうしてほしいんだ？　俺は明良の都合のいい相談相手じゃないんだぞ」

「オレはそんなこと思ってないよっ」

自覚がないのは判っていたが、そうじゃないと言うのなら、もっと俺のことも思いやってほしいものだ。

「だいたい、藤島とのノロケ話なんか、俺は聞きたくないね。明良は俺の気持ちが判ってるのか？」

今まで黙っていた本音の部分をぶつけてみると、明良は戸惑《とまど》うような瞳を見せた。

「だって……」

いや、明良に当たっても仕方ない。明良は俺を兄のようにしか思ってないんだから。

今更、俺にこんなこと言われても、どうしようもないだろう。

「もういい。明良、向こうに行けよ」

俺は溜息混じりにそう呟いた。

「カズちゃん、ごめん」

今度は明良が俺に謝る。俺の腕にすがりついて、その大きな瞳で俺を見て……。

不意に、俺の中で何かの衝動が走った。

冬貴とキスしたことが、頭に浮かぶ。

久しぶりにしたキス。舌と舌が触れ合う感覚が甦る。

「カズちゃん……！」

俺は悲鳴のような声を上げた明良をベッドに押し倒し、その唇を奪った。

「んっ……やっ」

抵抗するのを無理やり押さえつけようとすると、明良は俺の頬に平手打ちを食わせた。

「カズちゃんのバカ！」

明良はそう言い残して、部屋から出ていった。

俺は打たれた頬に手をやった。痛みよりも、何か違う衝撃を俺は受けていた。

俺は……しちゃいけないことをしてしまった……。

明良のよき兄でいたければ、してはいけないことだった。明良がどんなに理不尽《りふじん》な要求を突きつけてこようと、どんなに藤島との話を聞かせようとも、してはならないことだったんだ。

隠しておけばすむ問題を、俺は白日《はくじつ》の下《もと》に晒《さら》してしまったんだ。

バカだ。俺って……。

涙が滲《にじ》む。格好悪いと判ってても、それが止められない。

だって、俺は明良が好きなんだから。

諦めたつもりだってない。諦めたふりをしただけだ。

ああ、俺は明良が藤島と別れるのを本当は待っていたのかもしれないな。そのときのために、明良の理解者や相談者のふりをしていたんだ。

自分の唇にそっと触れてみる。

唇が熱い。この想いを抑えきれない。

俺は……。

どうしたらいいんだ。


翌朝、キッチンで明良と顔を合わせたが、無視されてしまった。

悲しいけれど、それも仕方ない。俺が蒔《ま》いた種だから。

いつもと違い、口も聞かず、別々に家を出る息子達に母親は困ったような顔をしていたが、いずれ仲直りするだろうと思っているようだった。

確かに、いつまでも喧嘩しているわけにもいかないから、いずれ仲直りするだろうけど、それでも、明良は前みたいに俺に甘えてはこなくなるかもしれない。

他に甘えられる奴がいるもんな。

我ながら暗い考えだが、そう思って、溜息をつく。

いつもより電車を一本遅らせて乗ると、藤島と顔を合わせずにすむことに気がついた。おかげで、気が楽になる。毎日毎日、藤島と明良のカップルの熱々ぶりを見せつけられて、滅入《めい》っていたところだった。

俺はそんなふうに強がりを心の中で量産しながら、学校に向かった。

昼休み。俺はいつものように教室で弁当を食べると、図書室へ借りた本を返しに行こうと教室を出た。

「澤田！」

屋上から階段を下りてきた裕司に声をかけられる。こちらもいつものように由也と一緒に屋上で弁当を食べてきたらしい。しかし、いつもなら時間ぎりぎりまで屋上にいるのに、今日は何かあったんだろうか。

「ちょっと話があるんだが」

裕司が俺に改まって用事があるとは意外だった。

「一体なんだ？　生徒会関係の話か？」

「いや……。俺じゃなくて由也が」

「えっ？」

由也がどうして俺に用事があるのだ。実のところ、俺は由也とはあまり話をしたことがない。たまに、うちに遊びに来ていることがあるが、それは明良と友達だからだ。

あ、もしかして、明良のことか。

由也は緊張した面持ちで、俺の顔を見ている。これは、やっぱりそうだなという感じがした。

「明良のことだったら、ただの兄弟喧嘩だから」

「でも……明良にキスしたんでしょ？　明良、すごくショックを受けてて……」

明良はそこまで喋ったのか。俺はどう反応していいか迷ってしまった。

「とにかく、落ち着いたところで話そう」

裕司は生徒会室に俺と由也を連れていった。もちろん、生徒会長が自由に私事で生徒会室を使っていいわけじゃないので、これは見事に職権濫用《しょっけんらんよう》なのだが、裕司は俺と違ってその辺は融通がきく性格をしていた。

俺は作業用の机を挟んで裕司と由也のカップルと向かい合って座った。

「俺はあまり口出しはしたくないが、明良のことはちょっと気になる」

裕司は落ち着いた口調でそう言った。

「まあ、その、家庭内のことだからさ」

言外に、もう何も言わないでくれと頼んでいるのだが、由也にはその遠回しの願いは通じなかったようだ。

「明良、今日は朝から元気がなくて、溜息ばかりついてたんです。無理やり理由を聞き出したら……澤田先輩と喧嘩したって」

「確かに喧嘩したし、キスもした。だけど、それは本当に成り行きだったから、君が心配するほどのことじゃないよ」

俺は努めて明るく言った。これは大したことじゃないんだということをアピールしたかったからだ。しかし、由也は俺の目を見据《みす》えた。

「お節介だってことはよく判ってます。でも、オレは明良にずいぶん助けられたから。明良が苦しんでるときには、助けてあげたいと思う」

以前、由也は裕司と喧嘩したことがある。いや、あれは正確には喧嘩ではなかったが、行き違いがあって、別れてしまったのだ。そのときに、明良がずいぶん由也にお節介を焼いていたから、その恩返しをしたいのだろう。

「澤田先輩は明良のこと、まだ好きなんですか？」

由也は単刀直入に訊いてくる。あまりストレートなので、裕司のほうが驚いて、由也の腕を引っ張った。

「人の心は自由だ。好きだという気持ちは誰にも止められないし、咎められないはずだ」

裕司は俺の気持ちを代弁してくれた。

「だけど、明良は澤田先輩のこと、お兄さんみたいに思ってるのに。好きなのは確かに自由だけど、キスするなんて……されたほうはショックに決まってる」

「それは判ってる。俺が悪い。明良には機会を見て、ちゃんと謝るから、しばらくそっとしておいてもらえないかな」

自分でもこういう言い方は卑怯《ひきょう》だと思う。明良に、謝ればそれですむと思っていると指摘《してき》されても仕方ないだろう。

だけど、トラブルはできるだけ回避《かいひ》したい。昨夜の言い争いやキスは、本当に俺の意図《いと》するところではなかったのだ。俺は今まで我慢するところはしてきた。だから、ずっとこのまま、明良への気持ちが薄れるまで、我慢し続けるはずだった。

「とにかく……明良を傷つけないでやってください」

由也は友達のことになると、はっきりものを言う。自分の恋愛に関しては、あんなに消極的だったのに。

「でも、俺だってつらいんだよ」

俺の言葉に、由也はハッとしたように目を見開いて、それからうなだれた。

「ごめんなさい。オレ……明良が可哀想って、そればかり思ってて」

裕司が由也の肩をそっと抱く。

それを見て、俺の胸はかすかに痛んだ。

どうして、俺の恋はうまくいかなかったんだろう。どうして、明良は俺じゃなく、藤島を選んだんだろう。

答えの出ない問題だ。いつまで考えていても、正解はどこにもありはしない。

「まあ、いいさ。葉月に知られなくて、よかったよ。あいつだったら、こんなもんじゃすまなかっただろうからさ」

想像しただけで、ゾッとする。葉月は全面的に明良の味方だから、俺の気持ちがどうだろうとお構いなしだ。きっと、『明良ちゃんの気持ち』が最優先だろうから。

「俺も明良を傷つけたくないって思ってるんだ。昨日は本当に行きすぎたことをしてしまったけど、俺だって明良を本当に大切に思ってるんだ。その気持ちに嘘はないって信じてもらえるかな?」

由也は俺の目を見て、頷いた。なんとか判ってもらえたようで、俺も安堵する。

いや、誤解されたままじゃ困るし、こんなことで人に嫌われるのは嫌だ。たとえ、由也と俺がなんの関わりもなかったとしても、それは嫌だ。

裕司もあまりこの問題に関わりたくなかったらしく、由也が頷いたのを見て、ホッとしたようだった。だいたい、俺と同じように明良争奪戦に加わった裕司としては、あまり由也には首を突っ込んでもらいたくない話題だろう。

とりあえず由也に判ってもらえたので、これで話はお終いということで、俺は席を立った。

話はそこで終わるはずだった。

次の瞬間、生徒会室のドアが乱暴に開けられなければ。

ドアを開けたのは藤島だった。その後ろには明良がいて、明良が藤島の腕を掴んで引き戻そうとしているところを見れば、何が起こったのか、一目瞭然《いちもくりょうぜん》だ。

「やっぱり、ここにいたのか」

藤島は俺を睨んでいた。裕司が気を利かせて、藤島の前に立ちはだかる。

「退《ど》いてくれ！」

藤島は裕司を押しのけて、俺に詰め寄ろうとした。

「落ち着け。ここは喧嘩をする場所じゃない」

裕司は藤島を冷静にさせようとしているらしかったが、藤島は大事な明良にキスされたのがよほど頭に来ていたのだろう。裕司の制止を振り切って、俺に掴みかかった。

「僕のものに手を出すな！」

俺はもちろん藤島が怒る理由がよく判っていたが、それでも明良を『僕のもの』呼ばわりすることは許せなかった。藤島がどんなに昔から明良を好きだったとしても、十数年間、明良を守ってきたのは、この俺だ。それを目の前で攫《さら》っていったくせに、何が『僕のもの』だ。

明良は小さいときは身体が弱くて、何度も入院した。その度に、俺は毎日見舞いに行ったし、明良に勉強を教えるために、一生懸命、自分の勉強もした。明良のことだけを考え、明良のために生きてきた。

その明良を俺から取り上げたのは、一体誰だ。藤島じゃないか。

そう思った瞬間、俺の頭からは、明良に悪いことをしたという意識が吹き飛んでしまった。

悪いのは俺じゃない！

気がついたら、俺は藤島を殴っていた。殴り返そうとする藤島を、裕司が間一髪で止めていた。

止めなくてもいいのに。俺はそう思った。殴られたっていい。

もう、何もかも、めちゃくちゃになったっていいんだ。

俺はそのまま生徒会室を飛び出していた。

そして。

鞄も持たずに、俺は勝手に学校を早退していた。


俺は学校をサボったことなんてない。まして、自主的に早退したのは初めてだった。そんな人間は、サボッたところで、何をして時間をつぶしていいか判らないものだ。

とりあえず街に出た俺は、電話をかけた。生徒手帳に書き込まれた冬貴の連絡先に。

まさか、本当に自分から彼に連絡するときが来るとは思わなかった。だけど、他に自分が何をしていいか思いつかなかったのだ。

そうだ。冬貴は言ったじゃないか。悩み相談を受け付けるって。

俺はすがるような気持ちで、公衆電話で携帯と思《おぼ》しき番号にかけ、相手が出るのを待った。

頭の中に、昨日、冬貴が言った言葉がぐるぐると回っていた。

『もっと君を楽しませてあげたいから。カズの笑顔が見たいんだ』

どんな気障な口説き文句でもいいから、俺を助けてほしい。キスくらい何度したっていい。何度、抱きしめられても、今の俺の気持ちを救ってくれるなら。

こんな気分になったのは初めてだった。俺は人に頼るほど弱くなったのかと情けなく思いながらも、どうしていいか判らなかったから。

『はい』

受話器から聞こえてきたのは、確かに冬貴の声だ。

「俺——澤田一秀、だけど」

一瞬、なんと名乗ろうかと考えてしまった。カズと冬貴は呼んでいたが、自分でそう言うのもなんだか変だ。とりあえず、フルネーム名乗ってしまえば、それで判るはずだ。

『ああ、カズ。嬉しいな、君から連絡をくれるなんて』

いつもの気障なトークだ。思わず、俺は緊張していた気持ちが和《やわ》らぐのを感じた。こうして、明良も藤島も関係ない、まったく別の世界に住む冬貴と話すのは、それだけで気がまぎれた。

「あの…さ。逢いたいんだけど」

思いきって、そう言ってみる。本当に冬貴に逢いたいのか、自分でも謎だったが、電話しただけで気持ちが和《なご》むのなら、直接逢えば、なんだか悩みの解決の糸口も見つかるような気がした。

『えっ、今？　学校は？』

サボッているのだが、この場合、なんと説明したものかと思う。正直にサボッたと告げても、冬貴は生活指導の教師じゃないんだから、咎めたりはしないだろうけど、俺は何しろこういうことに不慣れなので、後ろめたいのだ。

『自主休講って感じかな。別にいいよ。今、どこにいる？　迎えに行くから』

自分がいる場所を告げると、冬貴は待ち合わせ場所を指定してきた。電話を切って、その場所に移動しながら、俺は今の時間が午後の早い時間だということを思い出した。

やっぱり冬貴はホストなのかな。夜の仕事なら、昼間は暇だろう。

それにしても、人目が気になる俺は小心者だ。サボリという意識があるから、どうにも人に見られているような気がする。本当は俺のことなんて、誰も気にしてないと思うのに。

なんとなくキョロキョロしていると、挙動不審《きょどうふしん》だから、補導員などがいれば、たちまち目をつけられてしまうだろう。こういうとき、自分の生真面目さが嫌になってくる。葉月のような性格をしていれば、堂々としていられるだろうに。

待ち合わせ場所は電車の駅前だ。例の真っ赤なスポーツカーで現れるのだろう。それを想像すると、ちょっと恥ずかしいものがあるが。

しばらくそわそわしながら待っているうちに、少し落ち着いてきて、ようやく周囲を見回す余裕が出てきた。

あれっ……。

俺は向かいのビルに掲《かか》げられた大きな看板に目を留めた。

それは、駅のほうからよく見えるように、ビルの屋上に設置されたもので、化粧品のCMに出ていたタレントの顔のアップだった。

俺はあまり芸能界の話題には詳しくないが、確か、そのCMにはビジュアル系バンドのメンバーを彷彿《ほうふつ》とさせるタイプの男が出ていたと思う。

俺はその顔を眺めていて、それが自分のよく知った顔に似ているのに気がついた。

金髪で長髪。整った顔のメークを取れば、それはきっと……。

目に馴染んだ派手な色の車が目の前に止まった。俺はそのナビシートに乗り込み、早速、車を発進させたドライバーの横顔を見つめた。

「何？　そんなに僕に逢えたのが嬉しかった？」

冬貴は笑いながらそう言った。

「あんた、芸能人だったんだ？」

冬貴は一瞬、顔をしかめた。もしかしたら、俺には知られたくないことだったんだろうか。

「モデルだよ。でも、本職は社長業だ」

「社長？」

とてもそんな肩書きを持っているようには見えない。それこそ、ビジュアル系のバンドで、ボーカルやってますと言われたほうがすんなり納得できる。

「モデルクラブを経営してるんだ。業界の中では小さいほうだけどね」

冬貴はそう言って、笑ったけれど、社長自らがあんなCMに出ているんだ。経営としては上手くいってるんじゃないかと思う。モデルの養成《ようせい》が上手くいってるかどうかは知らないが。

「実は今から仕事なんだけど、ちょっと付き合ってくれないかな」

「あ……忙しかったら、俺、帰るけど」

「ダメだよ。せっかく君から連絡くれたのに、このまま帰したりしないからね」

相変わらず、冗談なのか本気なのか判らないことを言う。

しかし、ホストじゃなかったとは。あの気障なセリフを冬貴はどこで使っていたものやら。

着いたところは、撮影スタジオだった。これは社長業ではなくて、モデルとしての仕事のほうらしかった。

打ち合わせから始まって、衣装を着て、メークをして撮影という手順を俺はスタジオの隅《すみ》でおとなしく見学していた。

例の化粧品のCMは女性的なメークをしていて、かなり中性的なイメージだったが、今度は女性誌の表紙を飾る写真を撮るらしくて、ちゃんと男に見えた。という表現も変だが、俺の頭の中には、さっきの看板が焼きついていたからだ。

衣装は白に近いベージュのスーツで、真っ赤な薔薇《ばら》の花束を手にしている。ちょうど花嫁のブーケくらいのサイズの花束だ。その格好自体は気障でたまらないんだけど、一旦《いったん》、撮影に入ると、冬貴はまるで別の人間にでもなったかのように変身をした。

あまりの色っぽさに、俺は息を飲んだ。いや、色っぽいといっても女のようだという意味ではなく、フェロモンを発しているとしか言えないくらい、男の色気を発散させていた。

カメラの前では、冬貴は完璧なモデルだった。眩《まばゆ》いほどの強いライトに当たって、金髪が普段よりもっとキラキラ光っているように見える。端整な顔は妖艶《ようえん》に微笑み、均整の取れたスマートな身体は衣装を引き立て、ポーズを決める手は指先さえも神経が行き届いていて、そのすべてが吐息が洩れるほどの美しさを演出していた。

「カズ君…だったかな？」

冬貴のマネージャーである江口さんという人が俺の傍に寄ってきた。

江口さんは親しみを感じるような笑顔の持ち主で、落ち着いた雰囲気を持つ大人の男性だった。冬貴よりは年上じゃないかと思う。

それにしても、冬貴にカズだと紹介されてしまったので、江口さんはそう覚えてしまったらしい。

「澤田一秀です」

苦笑しながら答えたが、そんなことは江口さんの頭の中をすぐに通り過ぎていったようだった。

「君が見ているから、冬貴、すごく張り切ってるようだ」

江口さんは仕事の出来に満足そうに目を細めた。

「そうなんですか？　俺、冬貴がモデルだなんて、全然知らなくて。今日、初めて知ったんです」

「えっ、そうなの？」

江口さんは驚いて、俺を見た。本気なのとでも言いたそうな顔をしている。俺が知らないだけで、どうやら冬貴はけっこう有名なのかもしれない。

「俺、あんまり、テレビも雑誌も見ないから、そういうのに疎《うと》くって」

「そうかあ。まあ、冬貴は男より女に人気があるからね」

それは見ていれば判る。このフェロモンは男にも効くと思うが、それでも、タイプとしては、女に受けるほうだろう。

「冬貴って、芸名なんですか？　冬を貴ぶと書くって、初めて逢ったときに言われたんですが」

「F・U・Y・U・K・Iと書くんだ。冬を貴ぶのは本名のほうだ」

「俺、冬貴のこと、ホストと思い込んでいたから、源氏名なんだと思ってて」

江口さんは吹き出しそうになったが、なんとか堪《こら》えた。まさか撮影中に爆笑するわけにもいかないようで、口を押さえて身体を震わせていた。

「君、笑わせてくれるなあ」

ひとしきり、ひそかに笑った後、江口さんはそう言った。

「だって、気障じゃないですか。あんな気障な口説き文句を連発するなら、絶対ホストだと思いますよ」

「ほう。君、冬貴に口説かれたんだ？」

しまった。つい口が滑ってしまった。江口さんはやたらとニコニコしていて、人に警戒心《けいかい》を起こさせないんだ。

「あ、いや、もちろん冗談だと思いますけどね。俺なんか、ただの高校生だし」

「そうかな。冬貴はそんなに簡単に人を口説いたりしないよ」

そう言われてドキッとしたものの、江口さんの顔は笑っていたから、俺を揶揄っているだけかもしれない。

撮影は一旦、休憩《きゅうけい》に入ったようだった。スタジオに漲《みなぎ》っていた緊張感が解け、冬貴はカメラマンに近づいて、何事か囁《ささや》いた。そのカメラマンがこちらを振り向いた。

なんだか目が合ったような気がするけど……。気のせいだよな。

二人はその後もこそこそと話している。そして、二人して、こちらにチラチラと視線を向けた。

思わず、俺は後ろを振り向いてみたが、そこには何もない。まさか、ここにユーレイがいるとかじゃないだろうな。

やがて、江口さんとメークさんも加わって、四人で話し合いを始めた。江口さんはうんうんと頷いている。しばらくして、江口さんはニコニコしながら戻ってきた。

「カズ君、ちょっと来て」

「えっ、俺？」

江口さんに腕を取られて、控え室みたいなところに連れていかれる。何故だか、メークさんも一緒だ。

「はい、ここに座って」

鏡の前に座らせられ、いきなり眼鏡が取り上げられる。

「ええっ、ちょっと……！」

「いいから。はい、ちょっとだけ我慢しててね」

江口さんがそう言うと、メークさんは俺の顔にいきなり何か塗《ぬ》り始めた。一体、なんなんだと思いながらも、我慢してろと言われたので、逆らうのはやめた。江口さんは雰囲気は柔らかいが、妙に従わなくてはならないようなものの言い方をするからだ。

まるで、逆らうほうが悪人みたいな感じがしてしまう。とはいえ、顔に何かを塗りたくる趣味もなければ、習慣もないから、ただただ気持ち悪いだけだった。

どうも、俺はメークされているような感じがする。実際、視力の悪い俺には、何が自分の身に起こっているかはっきりとは把握《はあく》できなかったのだが。

「俺をどうするつもりなんですか？」

メークが終わり、髪をいじられ始めたとき、俺は江口さんに訊いた。

「冬貴が考えたちょっとしたお遊びだから、気にしなくていいよ」

普通、気にするだろう。いきなりメークされて、髪をいじられたら。

そのうち、冬貴が部屋に入ってきた。

「なかなかいいねえ」

冬貴は鏡の中の俺の顔を見て、そう言った。

「何がいいんだ。一体、俺に何をさせる気なんだよ」

「せっかくカズが来てくれたから、記念写真を撮ってもらおうと思って」

「何が記念写真だよ。そんなもの、どうして撮らないといけないんだ?」

「もう決まったんだよ。みんな、乗り気だし」

そんなこと、勝手に決めるなと言いたい。しかし、みんな乗り気だと言われて、俺は撮らないよと言えないところが恨めしい。俺は律儀《りちぎ》な性格をしているので、ワガママな言動ができないんだ。

だが、別にこれが俺の仕事ってわけでもなんでもないのに。

なんだか、とっても理不尽な目に遭わされているような気がする。

髪も綺麗にセットされ、冬貴は俺の緑色のネクタイを外した。

「これがあると、高校名が判っちゃうからね」

お遊びなら、高校がどこだろうがいいだろうと言いたい。たかが記念写真だったら、別にいいじゃないかと思う。

冬貴は俺のシャツのボタンを上からいくつか外すと、満足そうに一人で頷いて、冗談っぽく俺の手を恭《うやうや》しく取った。

「おいで」

「あっ、眼鏡が……」

「眼鏡はいらない」

俺はそのままカメラの前に連れていかれた。強いライトの当たるその場所に立つと、ただの記念写真だと言われても、身体が緊張のために硬くなる。

元々、俺は写真が苦手で、集合写真でもロクな顔をして写ってないのだ。

「大丈夫。僕がついてるから」

冬貴はそう言って、俺の肩を抱いた。

こんなときまで、気障なセリフを言う冬貴に、少し呆れてしまった。だいたい、仕事中にこんな遊びを考えるなんて、どうかしている。

しかし、カメラマンやスタッフの人が乗り気なのが、なんとなく判った。どうしてなのか、俺には判らないが。

一体、どんな写真を撮るつもりなんだろう。

「身体の力を抜いて。僕の目だけを見て」

催眠術《さいみんじゅつ》にでもかけるような優しい声で囁かれる。ここはプロのモデルである冬貴の言うことを聞くしかないと思い、俺は冬貴の目を見つめた。

あ……。

いきなり冬貴の表情が変化した。いや、変化したのは、その雰囲気だ。さっきみたいに、フェロモンたっぷりの男に変わっている。

見間違いじゃない。俺の目が悪くても、こんなに近くにいれば判る。

俺は目を瞠った。一瞬前までは、いつもの冬貴だったのに。

どうしよう。目が離せない。

まるで本当に催眠術にかかったように。

近くで見ると、冬貴は凄《すさ》まじく綺麗だった。金色の波打つ髪に縁取られた顔は、この世のものとは思えないほどの美しさだった。それは単なる造形の美しさじゃなくて、冬貴の発する雰囲気がそう思わせているんだと思った。

だけど、そんな理屈がどうだっていいくらい、俺は冬貴から目が離せなかった。

惹《ひ》きつけられてしまう。身体の力が自然に抜けて、俺は半分冬貴に支えられているようだった。

カシャッとシャッターの下りる音がした。

「他は見ないで。君は僕だけを見てればいいんだ」

整った唇がそう命令した。

俺はもう冬貴のなすがままだった。頭が痺《しび》れたように冬貴の命令どおりに身体を動かしてしまう。

それが快感であるかのように感じてしまい、俺は完全に冬貴のフェロモンに酔っていた。

指が俺の頬に触れる。耳に触れ、唇に触れる。

「綺麗だよ」

今は、それが褒《ほ》め言葉のように聞こえるから不思議だ。

冬貴の顔が近づいてきて、俺は自然に目を閉じた。

息がかかる。

「花束でガードしてるから」

一瞬、その言葉の意味が判らなかった。その後すぐに唇に何かが触れ、俺はそれがどういうことなのか、やっと判った。

キスされている。それを花束で隠しているからという意味だ。

ドキドキする。

シャッターが下りる音が耳に聞こえた。こんなシーンを撮られているのに、俺は抵抗しなかった。できなかったわけじゃないのに、キスされていることに指先まで痺れてしまっていた。

唇がそっと離される。

「カズ」

名前を呼ばれて、ハッと我に返った。

冬貴の異常なまでのフェロモンは消え失せていて、今はもう普通の冬貴だった。いや、それだって、異常に綺麗なのには変わりはないんだが。

「よかったよ」

笑いかけられて、カッと頬が熱くなる。

一体、俺はどんな顔して写ってたんだろう。途中から何も判らなくなってしまったから、何がどうなっていたのか、さっぱり……。

カメラの前、というか、人前でキスしたんだ。いくら花束でガードしていたって、よく考えると、めちゃくちゃ恥ずかしいことだ。

だが、数分の間だったのか、数十分の間だったのか判らないが、素人の俺をそんなふうに変えてしまった冬貴は、モデルとして一流なんじゃないだろうか。そういうことに詳しくない俺も、そんなふうに考えてしまった。

「どう？」

冬貴はカメラマンに訊いた。

「ＯＫ。言うことなし」

「やったね」

冬貴は俺に微笑みかけた。何がやったのかさっぱり俺には判らない。

「お疲れさん。この後は二人でデート？」

江口さんが近づいてきて、笑顔で俺と冬貴に言った。

「えっ、撮影は？」

「これで終わりだよ」

冬貴はしゃあしゃあと言った。

ちょっと待て。今のはただの記念撮影で、お遊びじゃなかったのか。確かに、それにしては本格的だとは思ったが。

「カズが協力してくれたから、いいものが撮れたはずだよ。ありがとう」

「遊びだからって言うから、俺は……」

「大丈夫。君の顔は半分隠れるように工夫したから、雑誌に載っても、誰も君だなんて思わないさ」

そんな勝手なことを。俺はプロのモデルでもなんでもないのに。

だが、話は俺の知らないところでちゃっかり進んでいたようだ。怪《あや》しいムードの写真が撮りたかったのかもしれないが、それにしたって、相手が俺というのは、ちょっと納得できない。プロのモデルを使えば、もっと上手く撮れたに違いないからだ。

まあ、でも、冬貴の思いつきだって言ってたからな。ここに俺がいたのが不運ということか。

俺は脱力しながら、これだけは言っておかなくてはなるまいと思って、口を開いた。

「キスしたところは絶対載せないでくれよ」

「おや。ホントにキスしてたんだ？」

江口さんに言われて、俺は赤面した。自分から恥ずかしいことをバラしてしまうなんて、なんたる失態。言わなければ、真似だけだと思われていたのに。

冬貴はニヤニヤと笑っているだけだ。俺だけが恥ずかしくて、冬貴は恥ずかしくないなんて、そんな不公平なことがあるだろうか。まあ、恥ずかしければ、キスなんてしないだろうし、素人の俺をこんな目に遭わせたりはしないだろう。

でも、どうせ俺が写ってる写真なんて、ロクなもんじゃないだろうし。

そんな写真が雑誌に載ったりするはずもない。

「さあ、着替えて、デートに行こう」

冬貴は俺の肩を抱き、控え室へと促した。

冬貴のおかげで、明良関連の落ち込んだ気持ちを一時的にせよ忘れることができたが、スタジオを出たところで、俺は現実に立ち戻って、またそのことを思い出してしまった。

外はもう日が暮れていた。

本当なら、今日は予備校に行かなければならない日だ。このままだと無断欠席になる。もちろん、学校は無断早退しているわけだし、今更、予備校の無断欠席くらいで落ち込んでもいられない。

一体、俺の鞄はどうなっただろう。いつも真面目な俺が生徒会室で風紀委員長を殴って、学校を飛び出すなんて。

明良はきっと心配しているだろう。家に連絡を入れなければならないのは判っていたが、どうしてもできない。というより、家には帰りたくなかったのだ。

今、俺は冬貴の車に乗せられている。

そういえば、どこに行くんだろう。デートだと言っていたが、また冬貴のデートコースに連れていかれるんだろうか。

「カズ、モデルになる気はない？」

突然、冬貴は爆弾《ばくだん》発言をする。

「あるわけないだろ。俺にはそんな才能ないよ」

「そうかな。けっこうイケると思ったんだけど」

本気で言っているなら、冬貴の経営者としての才能も危ういものだと思った。

「俺は写真撮られるのが好きじゃないんだよ。今日はあんたの誘導《ゆうどう》が上手かったから、なんとかなったけど、普通ならカメラを向けられただけでガチガチに緊張するんだ」

「そうなの？　すごくいい表情してたけど……じゃあ、あれは僕のためのいい表情だったのかな」

「なんで、あんたのためってことになるんだよ。俺としては、催眠術にかかったような気分だったんだぞ」

冬貴はクスクスと笑った。

「催眠術ねえ。君、すごく色っぽい顔してたんだよ」

「色っぽいのは、あんただろ？　フェロモン出しまくりみたいな……」

「あ、ちゃんと判ってくれたんだ？　君をちょっと誘惑《ゆうわく》してみたんだけど」

あれは誘惑してたのか。だとしたら気をつけないと。撮影現場だから、あれだけですんだが、プライベートの場面であんな誘惑されたら、本当におかしくなってしまいそうだ。

実際、みんなのいる前でキスされてしまったくらいだから。

「江口に聞いたんだけど、僕のこと、ホストだと思ってたんだって？」

ううっ。江口さん、喋ってしまったのか。

「こういうホスト、いても不思議じゃないかもしれないけど、ちょっとショックだな」

「だって、あんた、恥ずかしい口説き文句を言うし」

「恥ずかしい？　そうかなあ」

それが判らないんだったら、冬貴は感覚が違うということだ。

「僕は本気だよ」

「……それが恥ずかしいって言うんだよっ」

本当に顔が赤くなってくる。俺はそれを悟《さと》られないようにプイと横を向いた。冬貴は明るい笑い声を立てた。

「そうか。カズはシャイなんだね」

もう、いちいちそれを言葉にして確認するなと言いたい。

「これから、どこに行くんだよ？」

俺は不機嫌なふりをして言った。

「そうだね。まず食事。それから、ちょっと僕に付き合ってくれるかな？」

どのみち帰りたくないのだから、どこにでも連れていかれるところについていくしかない。俺はそこだけ素直に頷いた。


冬貴の行きつけのレストランで食事をした後、再び車に乗せられた。

レストランで、冬貴は何人かのファンにサインを求められていて、昨日、ひと気のない場所をデートコースだと言っていたのは、そういうわけだったかと思う。

もし昨日、冬貴がそんな華やかな世界の住人だと判っていたとしたら、今日、冬貴に逢いたいと電話しただろうか。たぶんしなかったような気がする。ホストとモデルじゃ、同じカタカナの三文字でも、ずいぶん違う。

悩み相談はもしかしたらホストにはするかもしれないが、モデルにはしないだろう。いや、本業は経営者だったか。どちらにしても、あまり相談はしたくはない。

相談……したくて逢いたいと電話したのかどうかは、自分でも判らないのだが。ただ、逢って、気晴らしをしたかったのかもしれない。そうすれば、俺の気持ちも明良から離れて冷静になれると思ったから。

「着いたよ」

声をかけられて、辺りを見回した。

マンションの駐車場だろうか。ということは、冬貴の自宅だろうか。

「カズの話がじっくり聞きたいからね。僕の家だったら、ちょっとくらいならアルコール飲んでも構わないし」

いいのか、大人がそんなことを言っても。

とはいえ、俺だって、アルコールを飲んだことがないわけじゃない。こっそり友達同士で缶ビールや缶チューハイを飲んだことはある。俺の母親は厳しい人だったから、見つかって、かなり怒られたりしたのだが。

だから、少量のアルコールなら、頭がふわふわしてきて、気持ちよくなれることは知っている。

俺は冬貴の自宅なんかに用はなかったが、アルコールを飲ませてもらえるなら、それでもいいかと思った。

ほんの少しの間でも嫌なことは忘れたい。いや、いっそのこと、明良を好きだったこともすべて忘れてしまいたいくらいだ。

そうしたら、もうつらくはないのに。

冬貴の部屋はマンションの最上階である十二階にあった。一人暮らしらしいが、中はずいぶん広い。いくつか部屋があるが、一人で住んでて何に使っているんだろうと思った。

もしかして、部屋の中は衣装だらけだとか。しかし、モデルだからといっても、そんなに衣装持ちだとは限らないだろう。撮影のときなどは、自前の服ではないだろうし。

広すぎるといっても過言《かごん》ではないようなリビングに、L字型のソファがあった。冬貴はここに誰かを呼ぶことがあるんだろうかと、ふと思ったが、いろいろ付き合いもあるだろうし、そんなことは当然だろう。

じゃあ、俺は何人目の客なのかな……。

こんなに広いソファに座ると、落ち着かない。だいたい、部屋が広すぎるのも、どうも苦手だ。俺は母親が再婚するまで、狭いアパートに住んでいたし、今だって、元々、明良とその父親の二人暮らしだったところに転がりこんでいるので、四人家族でギリギリといった具合なのだ。そういう庶民《しょみん》的な生活が身についている俺にとって、こんな広いソファに座ることは、カメラの前に立たされるのと同じくらい、そわそわとするものだった。

冬貴は俺の前にグラスを二つ持ってきた。何を飲ませてくれるのだろうと思ったら、赤いワインがつがれる。

まさかワインが出てくるとは思わなかった。冬貴の言動はいつも俺の意表《いひょう》をついてくる。

「実はあんまりアルコールは飲まないから、ワインくらいしかうちに置いてないんだ」

だったら、ここにあまり客は来ないのかもしれない。もちろん、ここに俺以外の客がどれだけ来ようが、俺にはなんの関係もないのだが。

冬貴が俺の隣に座る。

その距離があまりに近くて、不意にドキッとする。

撮影されたときのことを思い出したからだ。あのときみたいにフェロモンを振り撒かれたら、ちょっと困る。

幸い、今の冬貴は普通の状態だ。それでも、つい見とれてしまうような綺麗な顔は相変わらずだ。

「乾杯しようか」

こんなに近くで囁かないでほしい。心臓に悪いというか、いつフェロモンが発動するかとビクビクしてしまうから。

「なんで乾杯なんか……」

「カズが僕に逢いたいって言ってくれたから。それから、僕と写真を撮ってくれた。僕とまた食事をしてくれた。そして……ここに来てくれたから」

頬が熱くなってくる。

いや、これがいつものこの男の手だよ。気障な口説き文句で相手を酔わせるんだ。

冬貴はそんなに簡単に人を口説かないと江口さんは言っていたけど。

でも、そんなこと、本当かどうか判らないさ。江口さんだって、始終《しじゅう》、冬貴にくっついているわけじゃないんだから、プライベートでどんなことを言っているのかなんて、知りはしないだろう。

だけど……。

そんなふうに、俺を特別な人間みたいに言ってくれることが、今の俺には単純に嬉しかったんだ。それがたとえ、嘘だっていい。今だけの口説き文句だったとしても、俺を大事に思ってくれていると錯覚《さっかく》させてくれるなら、それでもいいんだ。

俺は冬貴とグラスを合わせた。

ワインを飲むのは初めてだ。見た目はグレープジュースのようだが違うのだろうか。ちょっとだけ口に含《ふく》むと、想像していたものとはかなり違う味だった。だけど、さすがにアルコールの仲間だ。喉の奥がじんと熱くなってくる。

もう一口飲むと、胃の中まで熱くなる。

「もし君が極端にアルコールに弱かったりしたら、僕は君の家族の人に怒られるね」

冬貴の言葉に俺は眉をしかめた。

「いいよ、家族のことは。それに、これくらい飲んだからって、別に酔ったりしない」

俺は家族のことを思い出させられた腹いせみたいに、グラスにつがれていたワインを一気に飲み干した。

こういう飲み方はよくないかもしれないが、たかがワイン。しかも、この量だ。酔っ払って、帰れなくなるわけじゃない。

そう思いながらも、いっそ酔っ払ってしまったら帰れなくなるのにとも思う。

「そんなに嫌なことがあった?」

冬貴は俺の気持ちの変化に敏感だった。

もしかして、冬貴は本気で俺の悩み相談を請け負うつもりで、ここに連れてきたのか。だったら、何もかも打ち明けて、慰《なぐさ》めてもらいたい衝動を感じた。

慰めてもらいたいなんて、あまりにご都合主義的で笑えるが。何も、悩みを相談したら、慰めてくれると決まったわけでもない。中途半端な説教をする奴だっているだろう。

しかし、冬貴はそうじゃないような気がした。

ああ、もっと酔ってしまいたい。何もかも判らなくなってしまったら、どんなにいいだろう。

俺はワインのボトルを手に取った。

「これ以上はダメだよ」

「少しくらい、いいじゃないか。俺、こんなんじゃ酔えないし」

冬貴は俺の言葉ににっこり微笑んだ。

あ……微妙に雰囲気が変わる。どうもヤバイと思ったときには、俺は冬貴から目が離せなくなっていた。

「じゃあ、僕が飲ませてあげる」

冬貴は囁くような声でそう言うと、自分のグラスに口をつけた。赤い…というより紫の液体が冬貴の口の中に吸い込まれていくのを、俺はただじっと見つめていた。

そして、その唇は俺の唇へと重ねられていった。

口移しにワインが俺の中に流れ込む。

熱い……。すごく。胸の中まで広がっていく。

冬貴は俺の唇をそのまま離さなかった。何度も何度も舌を絡め、ワインの代わりに俺の舌を堪能《たんのう》しているみたいだった。

俺は抵抗もせずに、冬貴と舌を絡め合っていた。

もしかしたら、俺はもう酔っているのかもしれないな。だから、抵抗もしないのかも。

それに、俺の手は、まるで冬貴にすがりつくように背中に回されているじゃないか。これがきっと酔ってる証拠だ。

だって。なんだか気持ちがいいんだ……。

唇がそっと離される。だが、俺はもっと酔わせてほしかったから、冬貴の背中に回した手に力を込めた。

冬貴がクスッと笑う。

「困るな。このままじゃ、君を帰せなくなってしまいそうだ」

帰さないでほしい。俺はこのまま帰りたくないんだから。

しかし、言葉とは裏腹に、すでに冬貴の発するフェロモンは濃厚に漂ってきているような気がする。俺を虜《とりこ》にして離さないような、そんな雰囲気があり、このまま帰すつもりはないように思えた。

俺は目を開けた。すると、眼鏡が取り去られる。

視線が絡む。いや、絡め取られたように、俺はもう動けなかった。

「カズ……好きだよ」

そんな言葉、今だって本気にしてないし、これからだってしない。だけど、かけてほしかった言葉は、そんなものなのかもしれない。

俺だけが好きだって言ってほしい。俺を特別に好きだって、言ってくれるなら、今は誰とキスしたっていいんだ。

「もっと飲ませて」

俺は自分からキスをねだっていた。

「好きなだけ飲ませてあげる」

冬貴はもう一度グラスの中の液体を口に含むと、俺に口づけてきた。

当然のように舌が絡んでくる。俺はワインの残り香を味わうように、自らそれに舌を絡めていった。

冬貴がどう誤解しようが、そんなことはどうでもよかった。

どうせ、今だけの関係だから。今だけ気持ちよければ、それでいい。

長い間、キスをしていた。俺の頭はすっかり痺れている。ほんのちょっとのアルコールだったが、やっぱり酔っているのか。

それとも……。

冬貴のフェロモンのせいなのか。

経験したことのないような熱さが身体を巡っている。そして、冬貴の身体も燃えるように熱くなっているような気がした。

唇は離れたが、冬貴は俺の身体を抱き締めたままだった。

瞼《まぶた》に頬にキスをされる。冬貴の行動がエスカレートしているのは判ったが、なんだか止められなかった。俺も気分が盛り上がってしまっていたからだ。

どうせ、誰も見ていないわけだし。写真にも撮られていない。

耳にキスをされる。身体が驚いたようにピクッと震えた。

これじゃ、まるで感じてるみたいだ。

いや、そんなわけはない。身体の中に何か電流のようなものが流れたような気がしたけど、ホントにそれは気のせいだ。本当のことじゃない。

もう一度、今度は耳の下にキスされる。

「あ……」

小さな声が俺の口から洩れる。

これは何かの間違いだ。俺はこんな声は出さないから。

唇を引き結ぶ。間違いでもなんでも、自分のそんな声は絶対に聞きたくない。

冬貴は俺のネクタイを引き抜くと、シャツのボタンをいくつか外した。例の撮影現場のことをふと思い出す。

「あのとき、僕はこんなふうにしたかったんだ……」

冬貴も俺と同じことを考えていたに違いない。そう言って、俺の喉にキスをした。まるで吸血鬼が血を吸うみたいな仕草で、一瞬、緊張してしまった。

喉に噛みつかれるような気がしたからだ。自分でも笑えるが、それくらい、冬貴は熱のこもった抱擁《ほうよう》とキスを繰り返していた。

変だ。俺の身体。

冬貴にキスされる度に身体がビクビクと揺れている。こんなの、絶対おかしい。だけど、それより、シャツをはだけられて、肩や胸元にキスされてる俺のほうがもっとおかしくないだろうか。

唇ならまだしも。身体にキスされて、どうしてそれを俺は許してるんだろうか。もちろん、そんなことをしている冬貴だって変だ。

冬貴は何を考えて、俺のそんなところにキスしてるんだろう。俺なんか、キスしたって、おもしろくないよ。どうせするなら、もっと可愛い奴にしてやればいい。

でも、冬貴は俺のほうがいいんだろうか。

そう考えるのは、とても気分のいいことであり、同時に怖いことでもあった。

だって、このままエスカレートしていったら、大変なことになるのは判ってる。もし冬貴が俺にそういう意味での興味を抱いているのなら――胸にキスまでしている相手がそういう嗜好《しこう》がないとは今更言えないはずだが――先にあるものは想像できてしまう。

つまり。俺が明良にしたかったようなことだ。

それはマズイ。いや、俺の頭がいくらボンヤリしていても、それはいくらなんでもマズイと思う。俺は何もそんなことがしたくて、ここに来たわけじゃないんだから。

しかし、よく考えると、俺はさんざん冬貴に口説かれ続けていた。キスも何度もされて、それでも、ここについてきたんだ。しかも、ワインまで飲んで。

冬貴の側からすれば、これはＯＫの印だと思っても仕方のないことなのでは。

すごく不本意だが、冷静に考えればそうだ。

俺の立場は、一人暮らしの男のマンションに上がりこんだかよわい女の子、みたいなものか。

ああっ、そんなこと呑気に考えてる場合じゃないぞ。冬貴は俺の胸を撫でてるじゃないか。しかも……しかも、乳首をいじってるし。

俺がこんな恥ずかしい真似をされてるなんて……。

信じられない。

だが、信じられなくても、これは事実なんだから、なんとかしないと。

「冬貴！　俺……あぁっ」

乳首が舐められてる。もっと悪いことに、舐められたのと同時に、身体がビクンと過剰《かじょう》な反応をしてしまった。おまけに、変な声が俺の口から飛び出してきた。

「あ……あっ……冬貴っ……」

やめろと言いたいのだが、それを言うより先に、変な喘《あえ》ぎ声ばかりが出てしまって、肝心《かんじん》なことが言い出せないのだ。

だが、声が出るのは、気持ちがいいからで……。

どうしよう。まさか、俺がそんなところを舐められて、気持ちよくなってしまうなんて。

早く、なんとかしなければ。このままじゃ、俺、ホントに……。

気は焦るが、身体はまだ酔っているらしくて、力が入らない。いや、こんなに早く酔うはずがない。それに、ほんの少ししか飲んでない。

ということは、酔っているからじゃなくて、正真正銘、俺の身体は気持ちよがってるってことだ。

いや、これはきっと冬貴のフェロモンに酔ってるせいだ。身体が勘違いするほど、冬貴は色っぽくて、キスをされたら、おかしくなるんだ。

そうだ。これは俺のせいじゃなくて、冬貴のせいなんだから。

本当は、そんなふうに責任を転嫁《てんか》したところで、なんの解決にもならないってことは判ってる。

実際には、俺はヤバイ状態にあるわけで、それが嫌だと思うなら、冬貴を押しのけるなりすればいいことだ。

だけど、できなかった。

冬貴にキスされるのが心地よかったからだ。

自分の言葉を証明するかのように、そんなところにまでキスを繰《く》り返す冬貴が、俺を特別に大事だと言ってくれているような気がして。

そんなはずはない。そういう衝動と愛情が同じところから発しているとは限らないってことくらい、同じ男である俺には判る。

それでも、身体に加えられる刺激は、俺を確実に高めていくし、それと同時に、冬貴に対する気持ちが変化していく。

俺……ダメかもしれない。

身体も心も気持ちがいい。こんなに優しくしてくれるなら、いいかと思ってしまう。

それに、俺は何もかも忘れたかった。

俺を決して振り向かない明良のことも、俺を凄《すご》い形相《ぎょうそう》で見つめた藤島のことも。もう俺のことはどうでもいいんじゃないかと思ってしまう母親のことも。

何がどうだっていいじゃないか。今が気持ちよければ、それでいい。

冬貴が俺を好きだと言うなら……。

何もかも、冬貴に預けてしまいたい。そうしたら、俺は楽になれるような気がした。

「大丈夫?」

不意に訊かれて、俺は目を開けた。

目の前に冬貴の顔があった。心配そうな目で俺を見ている。

さっきから、俺が半分泣いているような喘ぎ声を出していたからだろう。泣いているわけじゃないが、刺激が強すぎて、おかしくなっていたんだ。

目には涙が滲んでいて、もしかしたら、冬貴は俺が嫌がっているのかもしれないと思ったのだろうか。

今更、もうやめてほしくない。こんなに感じてしまっているのに、これでやめたら、俺はもう冬貴とまともに顔を合わせられなくなる。

今だって、心配そうに見つめられて、恥ずかしくなる。俺だけが感じて、よがって、声を上げていたんだと思ったら。

俺は冬貴の首に手を回し、引き寄せた。

唇が重なる。

俺だって、キスしたことはあるんだ。されるだけの男じゃない。

一瞬、俺の行動に驚いていたような冬貴だったが、すぐに自分を取り戻して、反対に俺を抱きしめ、自分から舌を絡めてきた。

息が荒い。すごく興奮してるんだって、自分でも判る。

当然、下半身も反応していて、冬貴の身体と触れ合い、その部分が痺れるようだった。

頭の隅で、俺、なんでこんなことしてるんだろうって、思うけど。それでも、今はキスすることだけが大事であるような気がしたんだ。

冬貴の関心をもっと引きたかった。

俺のほうを見てって。

ああ、俺、やっぱり頭かなり変だよ。

冬貴はキスをしながら、俺の太腿に触れた。直感的に、本当に触れたいのは、太腿じゃないと俺には判った。

その手はそろそろと太腿を撫で上げ、躊躇《ためら》いがちにそっと股間《こかん》に触れた。

充分すぎるほど反応しているそれを、冬貴は衣服の上からそっと撫でる。俺の身体はビクンと震えて、その衝撃を伝える。

冬貴はそっと唇を離したけど、逆に俺は冬貴のシャツをギュッと掴んだ。

目だって、ギュッとつぶってる。こんな俺の姿、自分でも見たくないから。

冬貴の手は、俺の快感を引き出すように、そこを撫でていく。いや、撫でるというより、もっと卑猥《ひわい》な動きをしていた。

「あっ……はぁ……」

なんで声なんか出るんだろう。自分でやるときには声なんか出さないのに。

だけど、他人にそこを触られていると、違う自分になってしまうんだ。

そして、冬貴はこんな俺でも許してくれるような気がして。

本当に不思議だ。俺の中に、こんな俺がいたなんて。

知らなかった……。

冬貴の手がジッパーを下ろしていく。そこに指が忍び込んでいき、下着をかき分け、その下へと潜《もぐ》り込んでいく。それを俺は止めずに、じっと待っていた。

いや、待っていたつもりはなかった。しかし、冬貴の手の感触があまりに優しくて、抵抗するなんて、考えもつかなかった。

それに、ここまで許しておいて、直《じか》に触れられるのが嫌だとは言えなかった。

心臓がドキドキしている。

冬貴の指がそこに触れた。俺は思わず熱い吐息《といき》を洩らした。

そこに初めて他人の指が触れた。いつかはこんなときが来るだろうとは思っていたが、こんな形で、逢って間もない人間に触れられるとは思わなかった。

冬貴の指は優しく俺を扱った。まるで、俺が途中で嫌がるのを恐れているかのように、少し物足りないと思うくらいに弱い愛撫《あいぶ》を繰り返す。

充分に感じているそこに施すには、弱すぎる刺激で、俺はかえって煽《あお》られてしまう。

つまり、もっと触って、感じさせてほしいと思うんだ。

ここまで来たら、そんな蛇《へび》の生殺しみたいな真似はしてほしくない。

だけど、どうすれば、それを冬貴に伝えられるだろう。まさか、口でそんなことは言えない。もっと触ってだなんて。

不意に、冬貴はクスッと笑った。

「そんなに腰を揺らして」

気がつくと、俺は無意識のうちに物足りなさを腰の動きで表現していたらしい。

「もっと触ってほしい？」

俺は素直に頷いた。

正気だったら、とても頷けないだろうけど。今の俺はおかしくなっているから、それも平気だ。

恥ずかしくても、このまま弱い刺激に晒されて身悶《みもだ》えるよりはマシである。

冬貴は俺のベルトに手をかけ、外した。ズボンと下着をずらされて、そこを露出《ろしゅつ》させられた。

硬くなっているものを見られて、恥ずかしくないわけじゃない。だけど、冬貴はそれを笑ったりしないと思うから……。

平気だとまでは言わないが、俺の弱い部分を晒すことで、冬貴はもっと俺に優しくしてくれるような気がした。

「こんなに感じてるんだね」

冬貴は確認するように言うと、そこを緩く握った。そして、ゆっくりと手を上下させていく。

ダイレクトな刺激に、俺のそこはさらに反応した。先端から分泌《ぶんぴつ》されたものが冬貴の手を汚しているけど、俺はそんなことを気にするより先に、快感の渦《うず》に飲み込まれていた。

刺激されれば、反応する。それをもっと刺激されれば、行き着くところは……。

俺は次第に感極まってきて、我慢ができなくなってきた。

「俺……もう……っ」

もうダメだと告げたかった。いや、告げなくても、俺の様子を見ていれば、判ったはずだ。

「もう、何？」

わざとのように冬貴が訊いてくる。

いや、冬貴は本当は判ってるんだ。だけど、焦《じ》らすために俺にそう囁いてくる。

「あっ……出そう…だからっ」

冬貴は俺の目の前で微笑むと、そのままキスしてきた。

ちょっと待て。手を放せって言ってるんだって。

その叫びは唇に封《ふう》じられてしまう。

腰はひとりでに動いていくし、冬貴の手は相変わらず俺を刺激し続けているし、悠長《ゆうちょう》にキスなんかしてる場合じゃないのに。

しかも、妙に長いキスだよ。もしかして、わざとなのか。

俺はどうにも我慢できなくて、冬貴を押しのけた。

「手を…放してくれよ……」

我ながら情けない声だ。

「我慢しなくていいよ。ちゃんと出してあげるから」

頬がカッと熱くなる。冬貴はこのまま俺をイカそうとしていたんだ。

「でも……」

「恥ずかしい？」

俺は大いに頷いたが、冬貴は笑うだけだった。俺はムッときて、冬貴をちょっと睨みつけた。もっとも、涙で潤《うる》んでいるような目じゃ、睨んでもあまり効果はないと思うが。

しかし、恥ずかしいと認めることも、恥ずかしいのだ。そこを無理やり認めているのだから、なんとかしてほしいと思うのは人情というものだ。

俺は心の中でわけの判らない理屈を総動員したが、肝心な場所を握られていては、どうすることもできない。結局、俺は冬貴にお願いするしかなかった。

「頼む。放してくれって」

冬貴はちょっと困ったような顔をした。

俺にしてみれば、そんなに困ることでもないだろうと言いたい。本当にちょっと手を離せばすむことなんだから。

だいたい、こうするうちにも、我慢の限界という感じなのに。早くしないと、握られてるだけでイッたりしたら、恥ずかしいどころじゃない。

「僕はカズに気持ちよくなってほしい」

「えっ、あの……気持ちよくなりたくないわけじゃなくて……。ただ、あんたの手でイクのはちょっと……」

俺だって、こんなに硬くなってるのに、このままがいいなんて思わないよ。出すものは出したい。だけど、冬貴の手でされるのだけが嫌なんだ。

「じゃあ、僕の目の前でカズが自分でやってみせてくれる？」

「ど、どうして、俺がそんなショーまがいのこと、しなくちゃいけないんだよっ！」

想像しただけで恥ずかしい。そうじゃなくて、俺の希望としては、トイレでこっそりってやつだ。

それでも、けっこう恥ずかしいと思うのに、目の前だなんて。

「困ったね」

冬貴はあまり困ってなさそうな声でそう言った。

やっとそこから手を離してくれたかと思ったら、今度は俺の足に絡まってた衣類を全部取り去った。

「な　何っ……！」

驚く俺にお構いなしに、ソファに斜めに転がっている俺の身体をいきなり抱き上げた。

「えっ？」

まさか抱き上げられるとは、思ってなかったので、すっかり慌ててしまう。

「なんだよっ。下ろせってば」

「静かに」

穏やかな声で注意されて、俺は自分のみっともなさに気づいて黙った。

下半身は裸で、同じ男に抱き上げられて。そのうえ、狼狽《ろうばい》して騒ぐなんて、余計にみっともないことだ。

だが、俺は痩《や》せ気味ではあるが、身長はそれなりにあるから、体重だって重いはずだ。いくら冬貴が身長が高いといっても、まさか、そんなに腕力があるとは思わなかった。

俺は隣の部屋にあるベッドに下ろされた。

これから何をされるんだろう。と、怯《おび》えるのも今更か。

ここまで来て、逃げようなんて虫がよすぎるし、冬貴にキスしたときから、ある程度、覚悟はできていたはずだ。

緊張のあまり、ゴクンと喉を鳴らした。

「足を広げて」

冬貴は穏やかな声のまま、俺に指示した。

ああ、冬貴はこういう場面に慣れているのかもしれないな。俺は初めてだから、どうしたって、緊張からは抜け出せない。

俺は寝た状態で、足を広げた。

冬貴は俺の両足首を掴んだ。

一体、何をしようというんだろう。

目が合うと、冬貴はにっこり笑った。そして、おもむろに足をもっと広げて、しかも、俺の胸に足がつくくらいに折り曲げたんだ。

俺は唖然《あぜん》としてしまった。

何も身につけていない下半身が丸見えだ。硬くなってるそこはもちろんだが、隠しておきたいようなところも、すべて晒け出されている。

「君の言うことを聞いていたら、一晩かかっても先に進めそうにないからね」

冬貴はそう言うと、俺の両足の間に顔を埋めた。

「やめろっ！」

俺は思わずそう怒鳴ったが、冬貴が言うことを聞いてくれるはずもない。

冬貴は俺の勃《た》ち上がってる部分を口に含んだ。途端に、さっきまで感じていた痺れるような感覚が戻ってきた。

いや、さっきより凄い。

手でされるより、ずっとよくて、俺はあまりの心地よさに、恍惚《こうこつ》状態となった。

口でされるのが、こんなに気持ちいいことだったなんて。

今まで我慢していたものが一気に弾けるように、俺は気がついたら、イッてしまっていた。

しまったと思っても、もう遅い。これじゃ、冬貴の手でイカされるより、ずっと悪いじゃないか。

「よかった？」

冬貴は平気な顔で訊いてくる。

「よかった…けど……」

俺は非常に惨《みじ》めな気分だった。もちろん、身体のほうは満足しきっていて、余韻《よいん》にまだ痺れている。だけど、気持ちのほうは、どうしようもなく落ち込んでいた。

「よかったならいいじゃないか。僕はカズに気持ちよくなってほしかったんだから」

冬貴はそう言って、再び俺のそこを一舐めした。

「あ……っ」

イッた後なのに、舐められると、さっきの感触をすぐに思い起こしてしまう。だいたい、さっきから下半身を固定されたような状態のままで、未だに俺は大事なところを冬貴の前に晒したままだった。

つまり、もうなんでもしてくださいな状態なわけで……。

どうしよう。いや、今更どうしようもない。「さあ、今から帰ります」なんて言えるはずもないんだから。

冬貴はもう一度、そこを舐めた。ビクンと揺れる腰は、俺の快感度を示しているみたいだ。

「あの……」

「何？」

いや、何って訊き返されると、改めて何も言うことはないんだが。

これから何するつもりー？　……なんて、訊けないし。

「冬貴は俺のこと……」

「好きだよ」

冬貴は間髪入れず答えた。

「好きだから、君にはなんでもしてあげたいし、君のすべてが欲しいと思う。それはいけないことなのかな？」

いけないこと、のわけはない。その感情は俺にも判る。俺だって、明良にいろんなことをしてあげたいと思っていたし、明良のすべてが欲しいと思ったこともあった。

冬貴の言うことを完全には信じられずにいたが、それでも、そんなふうに想われることの喜びを俺は感じていた。

俺はこんなにみっともない格好してるっていうのに。

これでも、俺のこと、好きだっていうんだろうか。冬貴は。

「カズのこと、もっと気持ちよくしてあげたい」

冬貴は萎《な》えていたものを口に含んだ。

「や…やめろっ……」

思わずそう言ってしまったが、冬貴の口の中で力が漲っていくものがそれを裏切っていた。口でやめろと言ったところで、やはり快感には弱い。しかも、俺にはこんな経験がないから、ちょっとの刺激でも興奮してくるんだ。

それに、俺はやめてほしいなんて、本当は思ってない。

ただ、次に待っているものが怖いだけだ。

冬貴の指が俺の奥まった場所にある部分に触れた。

ビクンと今までになく大きく身体が揺れる。そして、俺はいつの間にか、シーツを掴んでいた。

他の男には絶対触られたくない。俺を好きだと言ってくれる冬貴にだけ、それを許すんだ。気持ちがいいとか、悪いとか、そんなことには関係なくて。

もちろん、俺が冬貴を好きだとか、嫌いだとかにも関係ない。

冬貴の指はゆっくりとその周囲を撫でていく。

心臓がドキドキして、壊れそうだ。前の部分を口で、後ろを指で責められて、正気まで失くしてしまいそうだった。

冬貴は唇を離した。もっとしてほしいのにと思って、腰が勝手に揺れる。だけど、それを無視して、冬貴は後ろのほうへと唇を寄せていった。

「そんな……とこっ」

今まで指が撫でていた部分を、舌がなぞっていく。

まさに、『そんな場所』だ。俺はギュッと目をつぶって、その感覚に耐えた。

舌が舐め、指がそこをほぐしていく。まるで、何かの儀式《ぎしき》みたいに思えて、抵抗もできない。前の部分は後ろを刺激されることによって、より高ぶってくるようだった。

「ん……んっ……」

指がその入り口に添えられているのに、中に入れられそうで入れられない。どうせ入れるなら、いっそのこと、さっさと入れてくれないかとまで思う。

入れられてしまったら、それはそれで大変なことだと思うのだが。

指の力が徐々《じょじょ》に強くなってきて、そこを擦るような動きに変わっている。もう少しでそれが俺の中に入ってきてしまう。

だけど、それが入ってきたら、とても気持ちのいいことのような気がするんだ。

そんなのは、絶対、気のせいだ。きっと痛くて、気持ち悪いはずだ。

「ああ……ッ」

不意に指が滑り込むように、俺の中に入ってきた。

どうしよう……。

身体がガタガタ震えている。

「そんなに締めつけられたら、指が痛いよ。力を抜いて」

抜きたいのは、こちらもやまやまだ。しかし、無意識に力が入ってしまう。興奮の極致という感じで、俺は自分の勃っているものに触れた。

なんかもう、指を入れられただけで、その指を締めつけてイッてしまいそうなのに、これ以上、自分で刺激してどうするんだ。

だけど、俺は興奮しきっていたから、それがどういう意味かも判らずに、本能のままに触れてしまったんだ。

「少し落ち着いて」

「だって……俺っ……」

身体が勝手に暴走したみたいになってるから、抑えきれない。半泣きの状態で、俺はもう自分のそこを刺激していた。

もし、今、冬貴が指を引き抜いてしまったとしたら、俺はそこに自分の指を沈めてしまうかもしれない。それくらい、俺は指一本のことで感極まっていた。

冬貴は指を半分引き出し、それからまた押し入れる。その繰り返しで、次第に俺も少し緊張が解けていき、力も抜けてきた。

やがて、それに慣れてきた頃、今度は指は二本に増えてしまった。再び中が窮屈《きゅうくつ》になっていき、俺はまたイキそうになる。

中が擦れるのがたまらないんだ。俺はもうわけが判らなくなって、前のほうを刺激する手のスピードを速めていった。

もう少しでイキそうというところで、ふと、その手を止められる。

「どうして……？」

俺の声は泣き声みたいになっている。冬貴はまるで子供をあやすように優しい声で言った。

「もう少し我慢したら、もっと気持ちよくなれるから」

そんなの、どこに保証があるんだよと言いたい。俺はもう充分気持ちがいいんだから。

「まだだよ」

黙って首を横に振る俺に、有無を言わさぬ口調で、冬貴はそう言うと、太腿に口づけた。キュッと吸われて、小さな痛みが走る。そして、その痛みは、俺をほんの少しだけ正気にしてくれた。

確か、さっき、俺は冬貴の前で自分で慰めてイクなんて、できないと思ったはずだ。それなのに、ちょっと気持ちよくなったら、恥ずかしいことも忘れてしまうんだ。

自己嫌悪とまではいかないが、やはり冷静に考えると、自分で刺激している俺はかなり恥ずかしいと思う。しかも、後ろに指を入れられて、興奮している。

だけど、こんな経験は初めてだから、多少は興奮しても仕方ないだろう。もちろん、今の俺の状態が『多少』に入るかどうかは謎だが。

冬貴の指が俺を貪《むさぼ》るように動いていく。

気がついたら、二本の指にももう慣れてしまっていた。そして、その指が生み出す快感に、俺の頭と身体は再び酔っていた。

「あ……もう……」

俺は震える手で勃ってるそこを握った。

さっき止められたけど、また我慢ができなくなったんだ。

冬貴はまた止めるかと思ったけど、今度はそうじゃなくて、いきなり俺の中に沈めていた指を引き抜いた。

「そんな……！」

せっかく気持ちよくなっていたのに、俺は思わず不満の声を上げた。

「もっとしてほしい？」

冬貴は俺に顔を近づけて訊いた。

思いつめたような切《せつ》ない表情に、ドキンとする。何故だか判らないが、冬貴のそんな表情がたまらなく俺の心の何かに触れたんだ。

俺は小さく頷いた。

もしかして、これから冬貴は……。

そうだ。ここまで来たら、後は一つだけしかすることは残されていない。今まで俺を気持ちよくさせていただけの冬貴が、何を望んでいるかって、俺にも判る。

心臓がドキドキしている。

冬貴がズボンのベルトを外しているのを、俺はじっと見つめていた。

もちろん嫌だなんて言えない。ここまで気持ちよくしてもらって、何が不満だ。

それに……。

俺は冬貴に、中途半端に燃え上がったままの身体をどうにかしてもらわないといけなかった。そうしないと、俺は欲求不満でどうにかなってしまいそうだった。

冬貴はすっかり硬くなっているものを取り出した。

これを入れられるのか。本当に……？

何かの間違いであってほしいと、実際のものを目にして、俺は思った。

だが、冬貴は待ちきれない様子で、さっきまで指が入っていた部分を刺激するようにそれを擦りつけている。

冬貴が本当に俺のことを好きかどうかは判らない。けれども、俺のことを欲しがっているのは判る。

だって、それは絶対に嘘をつけないからだ。

他の誰でもなく、俺を欲しがっている。その考えは、俺の頭を痺れさせていた。

強くそれが押しつけられる。

信じられない。だけど、これは真実だ。

俺の内部に他人が入っていく。

「あ……っ」

俺はシーツを掴んだ。

「力、抜いて」

俺は指を締めつけたみたいに、冬貴も締めつけていたらしい。冬貴は苦しそうな声で、俺に訴えた。

だけど、俺も圧迫されて苦しいから、どうしていいか判らなかった。それでも、冬貴の苦しさはだいたい想像がつく。なんとか力を抜こうと俺は努力した。

「ゆっくり呼吸して」

言われたとおりにゆっくりと息を吸って吐くと、冬貴の表情が和らいだ。同時に、俺のほうも少し楽になった。

やがて、冬貴は俺の中に全部を納めきったようだった。息を吐くと、冬貴は俺の身体を抱きしめた。

金色の髪の毛が俺の顔をくすぐった。冬貴は視線を合わせた俺に微笑んだ。

俺は不意にわけの判らない感情に突き動かされ、手を伸ばして、冬貴の首にしがみついた。

こんなことしたら、冬貴は勘違いしてしまうだろう。俺がまるで冬貴のことを好きみたいに。

だけど、今は冬貴と触れ合っていたかった。温かな身体が俺を抱きしめ、キスをする。俺はそれで、俺の全部を許されたような気がした。

いや、冬貴は許すも何も俺のことは知らない。だから、それは間違いだ。

ああ……。男が同性を受け入れるって、こんな気持ちなんだろうか。明良もこんなふうに、苦しかったんだろうか。

すごく苦しい。だけど、その中に快さが潜《ひそ》んでいて、俺はそれを求めるように腰を揺らめかせた。

「平気？」

冬貴は俺の身体を気遣ってくれているらしい。俺はそっと頷いた。

今だけ。今だけでいいから、俺は冬貴を好きでいたかった。そして、冬貴は俺のことを好きなふりをしてほしいと思った。

冬貴が腰を動かす度に、俺の内部で新たな快感が生まれていく。

「あ…あっ……あっ」

それだけでいい。それだけでいいから。

どうか俺を裏切らないでほしい。

冬貴はしがみつく俺を抱きしめながら、俺の内部を侵していった。次第に苦しさよりも気持ちよさが増していって、ついには快感だけが俺を支配していた。

「冬貴……っ」

頭が真っ白になるほど、俺の中は冬貴が与えてくれるものだけになる。助けを求めるように名前を呼ぶと、唇が塞がれた。

冬貴の心臓の音が伝わる。俺の鼓動《こどう》とひとつになって、すべてが溶けていくような気がした。

俺の股間にあるものはとっくに弾けていた。だけど、俺と冬貴の真ん中でまた甦っていて、爆発のときを待っている。

冬貴のしなやかな指がそれに絡みつく。

すると、たちまち、昇りつめていく。俺って、こんなに感じやすかっただろうか。

頭の中、何も考えられない。快感だけが今の俺のすべてだったから。

冬貴……！

俺の心の中の悲鳴を聞き取ったように、冬貴は極まった俺と最後のときを迎えた。


俺が後悔という言葉を噛み締めたのは、すべてが終わった後だった。

汚れた身体をシャワーで洗い流しながら、何度も何度もキスをされ、それまでボンヤリとしていた頭がようやく働き始めた。

俺は一体何をしてるんだろう。

男同士で裸になって抱き合って、キスしているなんて。

今の今まで、ベッドで身体をひとつにしていた後で、そう思うのも今更だが、本当に不思議だ。

魔法にかかったみたいに冬貴の言いなりになって、キスをするのも抱きしめられるのも当たり前になってしまっている。

今でも自分のしたことが信じられない。

奥まで貫かれて、感じていたこと。

いや、あの行為自体が信じられない。

俺が……男に抱かれるなんて。

長いことキスしていると、眩暈がする。こうやって裸になっていても、冬貴の発するフェロモンは消えていないような気がした。俺を惑《まど》わせて、おかしくさせるものが、冬貴にはあるんだ。

俺の家とは違って広い浴室だ。そして、広いバスタブに俺は冬貴と共に身を沈めた。

広いとはいっても、男二人で入れば、それなりに窮屈だ。それでなくても、冬貴は俺を抱きしめて離さないのに、肌が必要以上に密着して、新たな衝動が引き起こりそうな気がして、たまらなかった。

三度もイッたら、普通はそれで満足するだろうと自分でも思うのだが。

冬貴の色っぽさやキス攻撃には太刀《たち》打《う》ちできないものがあった。それに、仮に俺はなんともなくても、冬貴のほうもそうだとは限らない。

「カズ……」

冬貴は愛しげに俺を見つめて、頬に触れる。そんな仕草も気障だが、愛されてると錯覚させるような行動で、俺は本当に参ってしまう。

これ以上、冬貴の傍にいたら、俺は冬貴を頼ってしまいそうだ。

だけど、俺は冬貴が本気だとは心から信じることができない。だって、逢ったばかりじゃないか。

好きだと口にすることを、冬貴はなんとも思ってないかもしれないし。

それなら。ただ、俺みたいなタイプが好みだったというだけじゃないだろうか。もちろん、好みと好きなのは違う。

今日はたまたま俺が明良のことだとかいろんなことがあって、気持ちが弱くなっていた。だから、冬貴のかけてくるモーションを利用したんだ。

エッチ自体は気持ちよかった。熱が冷めた今でさえ、キスも抱擁《ほうよう》も心地いいものだ。

だけど、俺が冬貴を好きかっていえば、そうじゃないだろう。

冬貴はしばらく俺を見つめていたかと思うと、そっとキスをする。

冬貴の身体はスマートでありながら、意外と筋肉質だった。痩せ気味の俺に比べると、その差は歴然《れきぜん》としていて、こうして触れ合っていても、それは判る。

冬貴が俺の手を掴み、誘導していく。

行く先は俺の想像どおりで、冬貴の股間にあるものに触れさせられた。それは硬くなっていて、幾度ものキスによって感じてしまったのだろう。

俺は躊躇いがちにそれを握った。

すると、急に手の中で硬度が増し、冬貴が感じたことが判った。

改めて、これが俺の中に入っていたと思うと、不思議以外の何ものでもない。これが奥まで入ってきて、内部を擦るように刺激して、俺をおかしくさせたんだ。

頭の中に、あのときの快感が甦る。

頭の芯《しん》まで痺れるようなあの灼熱《しゃくねつ》の感覚は、忘れようにも忘れられない。二度とこんなことがなくても、俺は忘れないだろう。

「カズ……」

名前を呼ばれて顔を上げる。冬貴は微笑していたが、その目の中に何かが浮かんでいた。

うっ……。まさか。催促《さいそく》されている、とか。

俺は仕方なく、冬貴のそれを刺激してみた。よもや、こんな場面で、こんなことをする羽目になろうとは思っていなかった俺だが、冬貴が気持ちよさそうにしているのを見ていると、これでもいいかという気になってくるから妙な話だ。

俺はこんな関係になってしまったことを、実は後悔しているんだけど。

だいたい、俺と冬貴の関係って、一体なんだろう。

恋人のわけはない。友達……とさえ言えないんじゃないだろうか。じゃあ、なんだろう。ただの知り合いだとか。

その二人がエッチをして、今、一緒に風呂なんか入っている。

そして、俺は相手のこんなところを刺激していたりするんだ。

なんだか最低なことを自分がしているような気がした。

冬貴は俺を引き寄せ、キスをする。いや、最初からくっついていたが、もっと引き寄せられたわけだ。そして、冬貴は俺の背中を撫で、それから……。

その手は次第に下のほうに下りてくる。

なんだか雰囲気がヤバイぞと思ったときには、腰の窪《くぼ》み辺りに手は伸びていた。その下にさらに潜り込もうとしていたので、俺はハッとして唇を離した。

「やめろよっ」

さすがに、そこを扱われれば、どうなるかは判っている。冬貴は手で刺激されるだけじゃ物足りなかったらしい。

気持ちは判る。だからといって、こんな場所でやるのはごめんだし、第一、俺は後悔しているところなのに。

「ダメ？」

微笑みながら訊いてほしくはなかった。これじゃ、冬貴の中ではもうやることは決定ずみになっているってことだ。

だいたい、この微笑みがクセモノだ。フェロモンを撒き散らす冬貴が微笑むと、大概《たいがい》の願いはかなってしまうんじゃないかと思うくらいだ。

ダメって言えないところがつらい。俺も正気なら撥《は》ねつけていたと思うが、この雰囲気にすでに呑まれつつあったからだ。

俺、どうなるんだろう。

一回だけ。ただの一回だけ、俺は冬貴に助けてほしかっただけなのに。冬貴はそれで、俺を性的パートナーとでも見なしてしまったのか。

冬貴の指が俺の中に潜り込んでいく。人の許可もなしに。

身体が震えてしまって、俺は冬貴にしがみつく。冬貴は俺にキスをして……。

これじゃ、どこまでいっても終わりがないのと一緒だ。だけど、抗《あらが》えないし、一旦、火をつけられると、俺も最後までしたくなってくる。

お湯の中で指を出し入れされるのは、すごく妙な気分だ。指だけじゃなくてお湯が俺の中まで入っていくような気がする。気がするだけなのかもしれないが、やっぱり、どうも落ち着かない。

そして、冬貴の指は俺を喜ばすツボみたいなものをすでに習得しているらしくて、俺も身体の奥からムズムズとしてきだした。

甘い吐息が俺の口から洩れる。

ああ、こんな行為に慣れていく俺は嫌だ。そう思うが、次第に、自分を止められなくなってくる。性懲《しょうこ》りもなく勃ち上がる自分のそれに悪態のひとつもつきたくなってきた。このまま冬貴とずっといたら、俺は一滴残らず搾《しぼ》り取られてしまうんじゃないかとまで思ってしまう。

しかし、冬貴に内部をいじられていると、どうしても感じてしまうらしい。そういう生理的な反応まで、俺は止められなかった。

冬貴は俺が反応していることを知って、そこから指を引き抜いた。これで俺の了解《りょうかい》は得たと解釈したのかもしれない。俺に反対方向を向かせると、後ろから抱いた。

そして、そのまま後ろから俺の中に侵入してきた。

二度目だからなのか、風呂の中だからなのか、するりと入ってきて、俺はなんだかあっけなく思った。

もっとも、苦しいのが好きなわけじゃないから、そっちのほうが都合がいい。気持ちのいいところだけを受け取れるわけだから。

「あ…あっ……あぁ」

後ろから抱かれただけじゃなく、両膝の下に手を入れられ、足を広げられる。冬貴以外の誰も見てなくてよかったとしか言えないポーズだ。冬貴はそうして、自分が動く代わりに俺の両足を上下させた。

ベッドの上だったら大変だったと思うが、この場合、浮力があるから、なんとかなる。ただ、俺はこんなポーズをさせられて、あまり嬉しくはなかった。たとえ、誰も見てなくても、子供扱いされたみたいでプライドが傷つけられるのだ。

とはいえ、身体の内部が擦れる感覚はベッドの上と変わらないので、結果的には同じだった。俺はそこに刺激を受けることで、感じていたからだ。

どうしよう。こんな身体になってしまって。

明良の顔がふと浮かんだ。

明良だって、似たようなことをしているに違いないが、俺がこんなことをしてるなんて、もし知ったら、どう思うだろう。

天堂高校はそういう学校だっていうが、みんな、そうだってわけじゃ、もちろんない。大半がただの恋愛ごっこにすぎなくて、エッチまでするような関係になるのは、ごくわずかという話だ。

いや、実際はもっと多いと誰かが言っていたような気もするが。

ともかく、俺が入れられて、恥ずかしい声を上げているなんて、きっと誰も思わないに違いない。学年一の秀才って言われている俺が。生徒会副会長を務める俺が。

まさか、こんなことを……。

生徒会のメンバーの顔まで浮かんできた。ついでに藤島の顔なんかも。

だけど、俺の身体は心とは裏腹に、冬貴に追い上げられていくんだ。

冬貴は俺の両足を下ろし、その代わり、勃ち上がっているものに触れた。そして、今度はそこを刺激しながら、自分で動いていく。

さっきよりも、より確実な追い上げ方だ。俺はたちまち昇りつめていった。

「ああ……あっあっ……っ」

腰を深く突き入れられた瞬間、俺は我慢できずに弾けてしまっていた。

自己嫌悪。

俺は快楽に弱い人間だったに違いない。

結局、もう一度、シャワーを浴びる羽目になり、すっかり満足そうな顔をしている冬貴が、とても憎らしく思えてしまった。


夜は更けていく。

このまま俺は帰りたくなかったが、そうはいかないだろう。それは判っているものの、俺はどうしても自分からそれを言い出せなかった。

リビングのソファでクッションなんか抱いて、小さくなっている俺に、冬貴は乾《かわ》かした髪をかき上げて言った。

「もうそろそろ帰らないといけないね。送っていこう」

俺は溜息をついて、時計を見た。

予備校に行っていたとしたら、もう帰り着かないといけない時間だ。とはいえ、俺が無断早退したのは、とっくに明良は知っているだろうし、それを家族の誰にも言わないなんてことがあるだろうか。

あったとしても、予備校は無断欠席だ。あそこはかなり厳しいから、無断で休めば、必ず家のほうに連絡がいくらしい。

冬貴は困った顔で俺を見て言った。

「こんな夜にホントは僕も帰したくないんだけど、仕方ないよ。君は高校生だから、電話で泊まりますなんて言っても、簡単に許してもらえないだろうし。今度、土曜の夜か何かに、ちゃんと家の人に言って、泊まりにおいで」

どうやら冬貴は、根本的なところで、俺の気持ちを誤解しているようだった。まるで、俺が冬貴に惚れているから、帰りたくなさそうにしているというふうに。

「俺は別にそんなつもりじゃない。ただ単に、家に帰りたくないだけで……」

だから、このマンションにも寄り道をしたのだ。冬貴が好きだから、ではない。

「そんなふうに言わないでくれよ。僕にとっては大事な夜だよ。君を帰したくない気持ちも、いつか泊まってほしいという気持ちも、どちらも本当だ」

「そうじゃなくて……。俺はその……別にあんたのことを、どうこう思ってるわけじゃないんだからさ」

なんとなく後ろめたくなって、口ごもりながら俺の本当の気持ちを告げた。

途端に、冬貴の顔から笑みが消えた。

まさか、冬貴は本気で俺のことを好きなのか。いや、そんなはずはない。俺が好きじゃないと言ったから、プライドが傷つけられただけのことじゃないだろうか。

「君は僕のことをなんとも思ってないってことか？　あんなことまでしたのに？」

口調と語気が荒い。俺は冬貴がそんな反応を示すとは思っていなかったから、少し驚いた。

「あんなこと、大したことでもないじゃないか。好きじゃなくったってエッチはできる」

俺がそう言うと、冬貴は傷つけられたような表情をした。

「君は……。そうか。そんな奴だったのか」

『そんな奴』呼ばわりされるのは嫌だ。まるで、俺がものすごくひどい人間みたいだ。

ムッときて、俺は言い返した。

「あんただって、本当に俺が好きなわけじゃないんだろう？」

「僕は好きだと何度も言ったはずだ。信じてなかったんだね？」

だから、一人で傷つけられたみたいな顔をするのはやめろよ。

「信じられるわけないだろっ？　口先だけで口説いて、誠意なんか感じられなかったんだから」

そこまで言うと、言い過ぎだろうか。

それにしても、冬貴は本気で俺のことが好きだったんだろうか。まさか、そんな……。

「僕の気持ちは通じてると思ってたよ。判ってくれたうえで、君も僕のことが好きになってくれたんだって。そうでなきゃ、君みたいなタイプは、おとなしくキスなんかされないだろうし、ましてそれ以上のことなんてできないと思っていたから」

そんなふうに言われたら、俺が見かけによらず性悪な売春婦だったみたいだ。冬貴がどういう考えの持ち主かは知らないが、エッチは相性が合えば、誰とだってできる。俺と冬貴の相性がたまたまよかっただけの話で、わざわざエッチすることに、好きだのなんだのと理由をつけなければならないことはないと思う。

だって、俺と冬貴は男同士なんだから。

単純に好きか嫌いかといえば、好きに決まってる。嫌いな奴とは冬貴の言ったとおりキスだってできない。

だけど、それは単なる好みの問題で、恋人の好きとは全然違う。好きっていうのは、もっと……長い時間をかけて育《はぐく》んでいくものだろう。俺の明良に対する感情みたいに。

そして、相手のことを思いやり、相手のためになることを始終考えて……。それができなければ、好きだなんて言う資格はないと思う。

「一昨日《おととい》、逢ったばかりで、俺の何が判るって言うんだ？　恋人じゃなきゃエッチしちゃいけないのか？」

だいたい、俺だって、誰とでもエッチしたりしない。だけど、俺はあんたならいいって思ったのに。

冬貴の顔を見ながら、俺はそう思った。そんな恥ずかしいこと、とても言えないけど。

しかし、冬貴は意外なことを口にした。

「逢ったのは一昨日だけど、僕は君のことを前から知っていたよ」

「えっ？」

一体、何を言い出すのだろう。

「天堂高校の生徒会副会長。成績は学年トップ。お母さんが再婚して、一つ年下の従兄弟と兄弟になったばかりだ」

俺は何も言えずに、冬貴の蒼白《そうはく》な顔を見つめた。

それは冬貴には一言だって言ってはいなかった。言うはずもない。一昨日逢ったばかりの奴に……特に家庭の事情なんて話すはずがなかった。

「どうして……それを？」

俺はやっと声を絞り出した。喉がカラカラに渇《かわ》いている。冬貴は一体、俺の何を知っているんだ。冬貴は何者なんだろう。ひょっとして興信所《こうしんじょ》で調べたとか。いや、調べるにしても、一昨日じゃ間に合わないと思う。

「僕は君の写真を見たことがあった。従兄弟の……明良君だったかな。彼と一緒に写ってた。本当に楽しそうで、君が心から笑っている写真だ」

「俺は笑って写真に写ったりしない」

「隠し撮りだったと思う。体操服姿だったから、体育祭だったのかもしれない。君は緑色のハチマキをして、明良君と何か話していたみたいだった。楽しげで……優しげで、この子はすごく明良君って子が好きなんだと思った」

俺はソファの前にあるテーブルに拳を振り下ろした。

大きな音がして、痛みが走る。

「明良のことは言うな！」

それだけは許せない。冬貴が何を知っていようとも、それを他人の口から語られることだけは、絶対に許せなかった。

俺は冬貴の顔をぐっと睨みつけた。

「あんたの正体、やっと判ったぜ。弟だか従兄弟だかがうちの学校にいるんだろ？　明良の隠し撮りの写真は出回っていたから、それを持ってる奴だ。明良のファンなら、俺のことを知っていたって、不思議じゃないからな！」

冬貴はテーブルの上の俺の拳に触れた。

「こんな無茶をしたらダメだ」

「触るな！」

俺は冬貴の手を乱暴に振り払った。

冬貴は眉を寄せて、悲痛な表情で俺を見つめた。その顔が俺を哀れんでいるような気がして、俺は視線を逸らした。

「僕はカズに逢ったとき、あの写真のカズとあまりに違うから、ビックリしたよ。顔は同じなのに、表情が違う。僕はカズがあんなふうに笑うところを見たかったんだ」

紫陽花を見にいったときだろうか。冬貴は俺の笑顔のためならなんでもするみたいなことを言っていたが、そういう意味だったのか。

だけど、俺はもう、どうしたって、冬貴のことが許せなくなっていたんだ。

冬貴は俺に本気だったのかもしれない。俺の知らないうちに、俺のことを知っていて……。それ自体も許せなかったが、それだけ俺のことを知っていたくせに、冬貴は自分のことを何も語ろうとはしなかった。

モデルであることも隠そうとしていたじゃないか。本名は今だって知らないよ。それなのに、好きだとか、笑顔が見たかったたって言っても、信用できるはずないじゃないか。

それなのに……。

俺は冬貴にされるままに、あんなことをしてしまった。

バカだ、俺。

少しは……ほんの少しは信用していたのに。俺を好きでいてくれて、俺のすべてを許してくれるような気がしていたのに。

女みたいに喘いで、恥ずかしいところばかりを見せて。

今の俺にはもうそのことを悔やむ気持ちしか残されていなかった。

冬貴の指が俺の頬に触れた。

「カズ……」

「触るなって言っただろ！」

その手を打ち払って、初めて俺は、自分が涙を流していたことに気がついた。

悔し涙なんて、最低だ。

「あんたなんか嫌いだ。もう二度と俺の前に現れるな！」

そこまで言う権利が俺には果たしてあっただろうか。だけど、言わずにはいられなかった。

俺は心の内でひそかに信じていた冬貴に裏切られたような気がしていたからだ。それは、勝手な俺の思い込みだったかもしれないけれども。

冬貴は俺に打ち払われた手をゆっくりとさすった。

「僕も……君が好きでもない男にあんな真似ができるとは思っていなかったから……」

幻滅《げんめつ》したって言いたいんだろうか。隠し撮り写真で、勝手に俺のことをこうだって思い込んで。

そんなの、迷惑なんだよ。

「俺は、あんたがキスしてこなければ、キスなんてしてなかったんだ。あんたが誘わなければ、デートなんてしなかった。あんたが俺を抱こうとしなければ……」

抱かれたりしなかったんだよ。

それだけのことだ。

結局、俺と冬貴は相性よさそうで、悪かったたってことだろうか。

俺は眼鏡を外して、指で流れ落ちた涙を拭《ぬぐ》った。

「帰る」

俺はそう言い残して、玄関へと向かった。

「送るよ。君の家はここから遠いから」

冬貴は後ろから声をかけてきた。

バカだな。喧嘩した相手を送ってどうするんだ。しかも、嫌いだと言われたばかりなのに。

「一人で帰れる」

「終電に間に合わないかもしれない」

「そしたら、駅で夜明かしでもする」

それくらいのことはできる。俺は男だから。

誰かに守ってもらわなくてもいいんだ。俺は誰かを守るから。

だから、冬貴は俺が帰り着けるかどうかなんて、気にしなくていい。もしかしたら、二人の間にあったかもしれない運命の糸とやらは、もうぷっつり切れてしまったんだ。

「カズ！」

不意に後ろから抱きしめられた。

瞬間、俺の胸の中に何かわけの判らない衝動が芽生《めば》えた。

泣きたくなるような感情の揺さぶりに、どうしていいか判らなくなる。嫌いだと言った相手に抱きしめられて、俺はどうして抵抗もしないんだろう。

冬貴は本当に俺のことが好きなのかもしれない。嫌いだと言われて、それでも、俺のことを心配してくれるのだから。

だけど、俺はもう……嫌だった。

冬貴に抱かれたのは、気の迷いだったかもしれないが、それでも冬貴に何か心を許すものがあったからだ。それがなんなのか、今の俺には見えなくなってしまっていた。

好きでなきゃエッチしてはいけないなんて。俺はただ頼りたかっただけなのに。

家に帰れば、明良の顔を見ないわけにはいかない。

明良への気持ちもどうしていいか判らない。殴った藤島にも謝るべきなのか。

それから……。両親の顔や教師の顔、それから予備校の講師の顔が浮かぶ。俺は優等生らしく、みんなに頭を下げればいいんだろうか。

このまま、いっそ、どこかに行ってしまいたい。

そんなことができるわけもないのに、ふと考えてしまった。

「ごめん」

冬貴は俺を抱きしめたまま、そう言った。

「僕はやっぱり君が心配でならないんだ。迷惑かもしれないけど、送らせてくれ」

俺はこんな冬貴になんて言えばいいんだ。

誰か、教えてくれ。

俺は抱きしめられたまま、どうしていいか判らず、いつまでも答えを出せずにいた。

結局、冬貴はいつまでも返事をしない俺を無理やり車に乗せて、家まで送ってくれた。

マンションの前に着いて、俺はちらりと横を見た。さすがに、何も言わないで、降りることはできなかったからだ。

「カズ……」

冬貴は俺に手を伸ばした。

何をされるのだろうと思わず身構えてしまったが、そっと俺の手に触れただけだった。

「嫌われてしまったのなら僕は身を引くしかないけど……。それでも、君と出逢えてよかった。この二日間、楽しかったよ」

冬貴はどうしてそこまで俺に甘いんだろう。

鼻の奥がツンとしてくる。涙が出そうになるくらい、俺は冬貴と別れるのがつらいんだろうか。

そんなこと全然ないはずなのに。

でも、たとえ目が涙で潤んでいたとしても、暗いから、判らないだろう。

俺は一瞬だけ、その手を握って離した。

「ごめん」

どうして、ごめんなのか判らなかったけど、俺はそう言うと、車を降りた。

胸が苦しい。

いろんな感情がせめぎあって、何がそんなにつらいのかも判らなかった。

家のドアを開けると、母親が心配顔で出迎えにやってきた。

「カズちゃん、お帰りなさい」

そう言った言葉の中には、俺に対する疑問やいろんなものが含まれているようだった。つまり、無断早退、無断欠席して、今までどこに行ってたのってやつだ。

心配かけているという気持ちは俺にももちろんあったが、その理由を母親には言えなかったし、今は心配かけてごめんだなんて、素直に言葉に出せなかった。

「ご飯は？」

理由を追及しないでくれるのはありがたかったが、まるで腫《は》れ物にでも触るような態度で接されるのも、なんとなく嫌だ。

「いらない」

俺はそれだけ言って、自分の部屋に閉じこもった。

態度悪い。自分でも判る。

だけど、どうしても表面を取り繕《つくろ》うことができなかった。こんな俺は本当に半人前以下だよ。自分の気持ちばかりが優先で、人の気持ちなんかどうだっていいんだ。

今だって、母親は泣いているかもしれない。新しい父親はどうしたもんかと頭を悩ませているだろう。

そして、明良は……。

コンコンとドアがノックされた。

誰だろう。いっそのこと、無視したい。俺は誰にも逢いたくないんだから。

「カズちゃん？」

明良か……。

俺はドアの傍まで行ったが、どうしても開ける気にはなれなかった。明良とは顔を合わせたくなかったのだ。

昨日のキスや、藤島のことだけでなく、俺が冬貴とした行為を思い返すと、なんとなく後ろめたい気がする。もちろん、俺が誰と何をしようが、明良にはなんの関係もないし、たとえそれを知られたところで、明良はなんとも思わないだろうと判っているのだが。

「俺、今日は疲れてるから」

ドア越しに素っ気なく答えた。

こんな言い方をしたら、明良だって傷つく。案の定、明良は言葉を返せないでいるようだった。

明良を泣かせてどうするんだよ。俺は自分にバカと罵《ののし》った。

だけど、今の俺は優しい言葉もかけてやれないんだ。自分のことだけで精一杯で。

「カズちゃん、オレね……」

明良の声は涙声だった。胸がズキンと痛む。

「やっぱりカズちゃんと仲直りしたいって思ってる。だから、昨日のことや、今日のお昼のこと……カズちゃんは水には流せないって思うかもしれないけど、オレのほうはもう流しちゃったから」

唐突に、明良はいい子だな、と思う。

元はといえば、俺が明良に片思いをしていただけの話だ。それを自分の中で処理《しょり》できないで、明良に突っかかっていって……そして、明良と藤島を怒らせた。悪いのは、みんな俺なのに、明良はなんとか俺との関係を修復《しゅうふく》しようとしていた。

本当は俺が謝るべきなのに。

「うん。判った……」

こんなことしか言えなくて、ごめん。

そう心の中で詫びたら、明良は判ってくれたように思う。口調を明るく変えて、鞄を部屋の前に置いておくからと言ってくれた。

俺の鞄は明良が持って帰ってくれたんだろうか。いや、明良に鞄を二つ持たせるほど、藤島もバカじゃないだろうから、藤島が持ってきてくれたのかもしれない。でなければ、裕司か。まさか葉月ということは、絶対にないだろうと思う。

明良が自分の部屋に戻った後、そっとドアを開けると、俺の鞄がそこにあった。俺はそれを取って、机の上に置いた。

溜息が出る。

明良が気を遣ってくれたのは嬉しいが、そうすると、俺は明日からまた自分の気持ちを押し殺した状態で学校に行かなくてはならないのか。

それは、つらかった。

しばらく俺は誰とも顔を合わせたくなかった。

それが、ものすごく不遜《ふそん》で、わがままでしかないことを俺は判っていたけれども。

俺はベッドに寝転がった。食事もした、風呂にも入った。だったら、後は寝るだけだろう。

いつもいつも俺は勉強ばかりしていた。予備校に通って、宿題や予習を片付けて、それから受験勉強もして……。

明良にフラれてからは、本当にそんな毎日だった。

俺って、他にすることなかったんだな。今になって、改めてそう思う。

優等生の肩書きなんて、もういらない。副会長だからとか、学年トップだからって、もうどうだっていいんだ、そんなこと。

俺は寝返りを打って、横を向いた。仰向けに寝ていると、冬貴の顔が頭に浮かんでくるからだった。

あの笑顔で俺を抱きしめてくれていたら……。

ふと、そんなふうに思った。

好きだとか、嫌いだとか、そんな話をしなければよかった。そうしたら、俺には逃げ場が残されていたはずなのに。

だけど、もう、こうなったものは仕方ない。俺は冬貴のことは忘れなきゃならないし、学校だって我慢して行かなければならないだろう。結論としては他に方法がない。

思えば、今日は劇的にいろんなことがあったなと思う。

藤島を殴って学校を飛び出し、撮影スタジオでモデルの真似事をして、冬貴のマンションでなんと初体験をいたしてしまったという……。

どれも、優等生の生活をしていたら、体験できないようなことばかりだ。

だったら、俺のしたことも、まるっきりダメなことばかりでもなかったかもしれない。それでも、人を傷つけたり、泣かせたりしたのは悪いことだと思うが。

俺はまた寝返りを打って、違う方向を向く。

どうも頭に冬貴の顔が勝手に浮かんでしまう。もしかしたら、ベッドと冬貴のイメージがくっついてしまっているのか。

それはマズイ。ベッドで寝る度に思い出していたら身が持たないじゃないか。

だが、どうも何か物足りなくて、淋しくて、やるせない。

俺は枕を抱いてみた。ないよりマシだが、どうも落ち着かない。冬貴のように、スマートなのに筋肉質の身体を抱いていたい。

今更、何を考えてるんだと自分を叱《しか》って、今度は枕を抱いたまま、うつ伏せになってみる。

う……。やっぱり、どうもダメだ。後ろから抱かれたときのことを思い出してしまう。

ああ、俺はそんなに冬貴のことを頼りにしてたんだろうか……。

いや、これはやっぱりあの体験が衝撃的だったから、頭に残ってるだけのことだ。もう二、三日もすれば、きっと忘れる。

だいたい、冬貴とは丸二日間の付き合いしかなかったんだ。エッチだって、今日だけのことなんだから、すぐに忘れる。

嫌いだと言って、逢わないと言ったのだから、忘れなければ困る。いつまでも覚えていては、明良とのことの二の舞だ。

いい加減、うじうじするのはやめよう。やっぱり俺は真面目な優等生でいるほうが性に合っているんだ。

みんなに迷惑かけて、嫌な気持ちにさせて、なんとも思わないなら、なんでも好き勝手にやれるかもしれないが、何かする度に自己嫌悪に陥《おちい》るようじゃ、結果的に自分を追いつめてるだけだ。

明日から、ちゃんと学校に行こう。自分の気持ちにフタをすればいい。そんなの、今までだって、たくさんしてきたことなんだから。

平気だ。大丈夫。

俺は必死で自分に言い聞かせた。

翌日は決していい目覚めではなかったけど、普段どおりに起きた。

いつものようにダイニングへ行くと、母親がちょっとビックリした顔をしていた。何食わぬ顔で朝の挨拶を、キッチンに立つ母親と、テーブルで新聞を読んでいる父親にする。それだけで、雰囲気が少し柔らかくなった。

いつもは寝坊してばかりの明良が自分で起きてきた。

「おはよう、明良。髪がボサボサだぞ」

そう声をかけると、眠くて目をこすっていた明良は、パッと笑顔になった。

「カズちゃんだって、寝グセついてるよ」

確か、鏡を見たときには、寝グセなんてついてなかったような気がする。俺は自分で髪の毛を触ってみた。

「ウソだよ」

明良は明るく笑いながら、そう言って、自分の席に座った。

やっぱり、こういう生活のほうがいいな。みんなが幸せだったら、それでいいよ。ちょっと気障かもしれないけど、たとえ俺が不幸でも。

胸に重苦しい何かは依然《いぜん》として残っていたが、俺はあえてそれを考えないようにする。

明良と一緒に登校すれば、電車では相変わらず藤島に逢う。

「昨日はすまなかったな。顔、大丈夫か？」

俺は藤島にそう声をかけた。奴も俺に対して思うところもあると思うが、横で明良がハラハラしながら顔を見ているから、変なことを言うわけにもいかないだろう。いつもの人懐こい笑みを浮かべて、こう答えた。

「僕の顔が変わってしまったら、明良が悲しむからね」

明良が可愛らしい顔をしかめて、藤島の腕をギュッとつねった。その腕の痛みを藤島は笑ってやりすごし、涼しい顔をしているところがこの男の憎らしいところだ。

ご馳走《ちそう》さまという感じの二人から、俺はさり気なく離れた。

なんとなく、二人の傍にいると、妙な妄想《もうそう》をしてしまいそうだったからだ。昨日、俺が冬貴にされたようなことを、あの二人がやっているかと思うと……。

やっぱり、しているんだろうな。恋人というからには当然だろう。

どうにもダメだと思うのに、モヤモヤといろいろ考えてしまう。俺って、けっこうスケベかな。

とはいえ、今まで漠然《ばくぜん》と思っていたことが、自分が体験してみると、よく判るということだ。

俺は学校に着いても、そんなふうになるべく明るく振る舞っていた。とはいえ、心の中まで全部明るいわけじゃなく、かなりの部分で演技が入っているので、ちょっと疲れる。

昨日のことで、気にしていたであろう裕司と由也にも、フォローを入れた。つくづく、あの場に葉月がいなかったのは幸いだった。いれば、俺は葉月にまで頭を下げなきゃいけないところだった。

とはいえ、葉月にもこの件は知れ渡っていたらしく、生徒会室でしつこく説教されたが、俺は葉月の言うことだけは聞かないことにしているので、全部聞き流した。

予備校にもちゃんと行った。帰りに例の信号を渡るとき、ちょっと冬貴のことを思い出したが、もうこんなところで逢えるわけはないのだ。冬貴だって、こんな場所を通りたくはないだろう。

思えば、あの日、俺が信号を渡ろうとしたときに、たまたま冬貴が通りかかったんだ。それは、本当に偶然の出会いといえると思う。

冬貴が以前から俺のことを知っていて、なおかつそんな出会いをしたなら、余計にそれは確率の低い偶然だったわけだ。

ああ、だから、冬貴は運命の糸がどうのと言っていたのか。俺には判らないが、冬貴にしてみれば、運命的な出会いだとでも思ったのだろう。道理で、強引に生徒手帳に連絡先まで書き込んだはずだ。

そして、いきなりキスなんかして……。

俺にとってはただの変な男だったが、冬貴の側からすれば、千載一遇《せんざいいちぐう》の出会いをものにしようとしていたのかもしれない。

俺はただの高校生で、相手はモデル。それも、あの様子からして、トップモデルという感じだった。しかも、モデルクラブの社長。

俺と冬貴を結ぶものは、同じ高校に通っていたという事実だけだ。それ以外は、なんの接点もなくて……いや、奴の弟だか従兄弟だかはまだ在学中のはずだ。もしくは、今年の卒業生か。どうせだったら、それが誰だか聞いておけばよかった。

まあ、でも、聞いてもしょうがないか。知らないほうが、いいことだってあるだろう。

それにしても、俺は冬貴のことばかり考えている。

もう、いい加減、忘れろよと思うのだが。

金髪の長い髪。整いすぎてるくらいの顔立ち。身体つきはスマートな長身。フェロモン出しまくりで気障な口説き文句を口にして、愛車は真っ赤なスポーツカー。

こんな人物のことを忘れろというほうが無理なのかもしれない。

それに……。

どうしたって、身体で覚えたことは忘れないものだ。

キスの感触や抱きしめられたときの身体の温もり。はっきり言って、それ以上の触れ合いをしたのだから、すべてにおいて、俺が冬貴を忘れられない条件は揃っていた。

まったく。これじゃ、俺のほうが片思いをしているようじゃないかと思う。いつまでも、忘れられない思い出を胸に……という感じで、冗談じゃないと思う。

俺が片思いをしているのは明良で、冬貴じゃない。

だから、俺も冬貴のことをいつまでも引きずってはいないはずだ。たぶん。

それを信じて、俺は毎日を真面目に過ごした。

そして、一週間が瞬《また》く間に過ぎていった。


その日は予備校のない日で、俺は家でゆっくりとしていた。

といっても、やはり宿題だの予習だのが頭にひしめいていて、気持ち的にはゆっくりもしていられなかったのだが、明良が面白いドラマがあるとかでテレビにかじりついていたので、俺も風呂から上がったついでに、付き合いでリビングのソファに陣取っていた。

そのドラマは、明良にとっては楽しいもののようだったが、俺にはさっぱりその面白さが判らないというものだった。

「明良の趣味はよく判らないよ」

画面を見ながらそう呟くと、明良は傍にあったクッションを投げてきた。もちろん本気で怒っているわけではなく、軽いおふざけみたいなノリだ。

「カズちゃんはこういうの好きじゃないんだ?」

「好きとかなんとかじゃなくてさ……」

説明しても、それこそ判ってもらえないかもしれない。明良はドラマを見ていると、その中に入り込んでいくタイプのようだったが、俺はつい冷静に分析《ぶんせき》してしまうんだよ。

この主人公、さっきと矛盾《むじゅん》したことを言ってるとか、この女優は最近やつれたなあとか、推理《すいり》ドラマなら、このトリックのここが変だとか。要するにドラマの中に入れないのだ。

「けっこう、感動する話なんだけどなあ」

「明良はすぐ泣くからな」

俺が揶揄いモードに入ると、明良はムッとしたように反論してきた。

「カズちゃんのほうが冷血人間なんだよ」

「冷血人間ってなんだ？　恐竜《きょうりゅう》の仲間か？」

「もう！　カズちゃんが横からごちゃごちゃ言うから、ＣＭに入っちゃったじゃないか」

ＣＭになったこと自体は、別に俺のせいじゃないと思うが。明良にしてみれば、俺が揶揄ってくると、ドラマに集中できなくなるから嫌なのだろう。

それなら、わざわざ一緒に見ようと言わなければいいのに。しかし、明良は自分の好きなものは人に勧めないと気がすまない性格をしているのだ。

俺はそう思いながら、ＣＭの流れるテレビを眺めていた。

洗剤のＣＭが終わったかと思うと、今度は別のＣＭに切り替わる。ボンヤリ見ていた俺の目に、金髪が見えた。

胸がギュッと締めつけられるような気がした。

冬貴だった。

流れるような金色の髪をなびかせて、どういうわけかシャンプーのＣＭなんかに出ている。セリフを喋ったりはしないが、顔はやっぱり俺が知っている冬貴の顔で、俺は食い入るように見つめてしまった。

別れてたった一週間。といっても、付き合ったのは二日とちょっとの間。

それなのに、思い出みたいなものが、俺の頭の中でぐるぐると回り続けていた。忘れようと封じていた記憶が勝手に掘り起こされていくようで、俺は眩暈がしたほどだ。

唐突に俺は、枕を抱きしめても物足りないのは、枕が決して俺を抱き返さないからだと気づいた。

俺はあの抱擁の感覚をまだ覚えていた。そして、まだ、あんなふうに抱きしめてもらいたいと俺はどうやら思っているらしかった。

バカだ、俺……。

あいつに、なんで抱きしめてもらわないといけないんだよ。

だけど、身長の高さも胸囲や胴回りも、上手い具合に俺の身体にフィットしていた。冬貴の腕に抱かれていたら、とても心地よかった。だから、スタジオで撮影されながら、キスなんかしたんだと思う。

明良を抱きしめて、仮に抱き返してもらったとしても、それ以上に、冬貴に抱きしめられるほうが何倍も俺は気持ちよくなれるんだ。

男である俺が男に抱かれたいなんて、ある意味、危険思想だと思う。でも、あんなふうに自分の何もかもを包んでくれるような抱擁なら、されたいと思っている男はいるんじゃないだろうか。そして、俺はたまたまそれを経験して、こうして頭の中で再現しているわけだ。

CMはあっという間に終わってしまったけど、俺の目はまだ冬貴を探していた。

ダメだ。全然忘れてないじゃないか。

胸が苦しい。

俺はどうして冬貴にあんな言葉をぶつけて、別れてしまったんだろう。

逢いたくてたまらないのに、だけど、もう逢えない。いくら冬貴が優しいからって、あんなことを言われて、本当にまだ俺を好きでいてくれるとは限らない。

それに、俺は冬貴がそういう意味で好きなわけじゃない。冬貴は好きじゃないのにエッチをするなんてダメだと言うし、だったら、やっぱり冬貴とは付き合えないだろう。

抱きしめてほしい、というのもダメなんだろうか。

もう、俺は気持ち的にボロボロになっていた。

欲しいものはいつも手に入らない。

すぐ傍にいても、手の届かないところにいる明良。手の届くところにいたのに、それでもダメで、俺から手を離した冬貴。

俺はこうやって、いつも手に入らないものばかりを欲しがってしまうんだろうか。

「カズちゃん、どうかしたの?」

明良の声にハッと我に返る。

俺は冬貴の映らないテレビの画面を見ていたけど、心はどこか別のところにあった。もちろん、ドラマなんて見ちゃいない。

俺はソファから立ち上がった。

「なんか、俺、疲れたみたいだから、ちょっと寝る」

本格的に寝るわけにはいかないところが、つらいところだ。まだ今日の勉強のノルマは残っているから。

「カズちゃん、大丈夫？」

明良が心配そうな目で俺を見ている。俺は少し笑って、頷いた。

自分の部屋に引き上げた俺は、ベッドの上に寝転がる。仰向けに寝ると、必ず冬貴と過ごしたときのことを思い出してしまう。

長い髪が俺の身体をくすぐるように動いていった。それだけで変に性感帯を刺激されたようで、俺は声を出していたっけ。

いろんな場所にキスをされて、指でいじられて、恥ずかしいところもたくさん見られた。

声だとか身体の重みだとか温もりだとか、つけてる香水の香りだとか、いろんなものが思い起こされる。

それから、舌の感触。指の感触。奥まで冬貴が入ってきたときの衝撃と快感。

俺はついスウェットのズボンの上から自分のものをまさぐっていた。

いかにも、それが慰めているという感じで、自分でも嫌になるが、それでも、勃ってしまったものは仕方ない。冬貴のことを思い出しての自慰行為なんて、最低だし、情けないと思うけど。

下着の中に手を入れると、そこはもう熱くなっていた。

直に触れて、刺激を施すと、俺はもう鼻に抜けるような喘ぎを洩らしていた。

頭の中は妄想だらけだ。もちろん相手は冬貴で、俺は触られたり、舐められたりしてるんだ。

『カズ……』

冬貴の囁き声を思い出した。

耳に甘く響くあの声が、俺はけっこう好きだった。

『カズ…好きだよ』

冬貴はそう言って、俺を抱きしめてキスしたんだ。

全身を貫くようなエクスタシーを感じて、俺は自分の手の中に熱を放っていた。

はあはあと自分の喘ぎ声だけが部屋に響き、俺はどうしようもない空《むな》しさを感じた。二人でするエッチを覚えたら、一人エッチなんて、つまらないものだ。いや、世間一般の人間はどうか知らないが、少なくとも俺はそうだ。

だけど、こんなことして、なんになるんだ。

もう冬貴のことは忘れろ。そうしないと、俺はダメになる。

だいたい、好きでもない冬貴のことをどうして何度も何度も思い出さないといけないんだ。覚えたての自慰行為にふけるサルじゃないんだから、一度エッチをしたからって、そこまで冬貴にこだわらなくてもよさそうなものなのに。

俺の頭って、そこまでバカだったのか。

だけど、依然として、俺は冬貴の顔や声やいろんなものが勝手に頭に甦ってきて、どうしようもなかった。

少し寝るつもりだったが、こんな状態では寝られない。かといって、こんな頭で勉強できるはずもなく、俺は一人で悶々《もんもん》とベッドで寝返りを打っていた。


翌日、寝不足のまま学校に行くと、昨日やったつもりの宿題が思いっきり勘違いなところをしていたことに気づいた。

授業中はボンヤリしていたし、指されてもまったく気づかず居眠りをしていたし、体育ではバスケの試合の最中に人と激突するし、弁当は引っくり返して食べられなくなるし、もう散々だった。

どうも今日は注意力散漫という感じで、早い話がボーッとしていた。それもこれも、昨日の冬貴のCMのせいだと思うと腹が立つ。男のくせにシャンプーのCMなんかに出やがって。

とばっちりなのだが、俺は自分の不始末の原因を、すべて冬貴に押しつけていた。まあ、それは俺の心の中のことだけなので、どうだっていいことだが。

放課後に生徒会室に行くと、めずらしく葉月が早く来ていた。

葉月は俺の苦手な奴なので、ドアを開けた途端、このまま閉めて帰ろうかと思ったくらいだ。

「何をボーッとしてるのさ。早く入りなよ」

葉月に偉そうに命令されて、俺は顔をしかめながらも生徒会室に入った。

まったく、こいつといると、ロクなことはないからな。

要するに、性格が合わないというのか、ウマが合わないというのか、いろんな議題の中で話し合うときにも、俺の意見に必ず葉月は反対したし、葉月の意見には俺が反対した。もちろん、葉月の意見よりは俺の意見のほうがいつだって正しかったと思うのだが、悪いことに、葉月も自分の意見のほうが正しいと思っているようだった。

そんな葉月と二人きりで生徒会室にいるのは、かなり嫌だった。この間、明良のことで説教をされてしまったという嫌な思い出もあることだし、俺は裕司達が早く来てくれないかと願った。

「ねえ、一秀」

妙に馴れ馴れしい口調で、葉月が話しかけてくる。気持ち悪いが、無視すると、後々までねちねちといびられるので、俺はとりあえず返事をした。

「なんだ？」

「なんだじゃないよ。君、今日はずいぶんいろんなドジをやらかしたんだって？」

どうしてそれをクラスの違う葉月が知っているのだろう。

「君の担任が、今日の学年トップは気が緩んでいるって、ぶつぶつ言ってたから。けっこう職員室で話題になってたみたいだよ」

俺は嫌なものを見る目つきで、葉月を見てしまった。

葉月は妙に教師受けがいいのだ。たぶん見かけの可愛さだとか、要領《ようりょう》のよさだとかで、上手く信頼を勝ち取っているようだが、そんな噂話まで葉月の耳に入れないでほしいと思った。

きっと担任は、俺と葉月が仲良しだとでも思ったんだろう。というか、葉月は俺の担任にそう思わせているのかもしれない。

相変わらず油断のならない奴め。

「俺の気がどう緩んでようが、おまえには関係ないだろ?」

素っ気なく言い返すと、葉月はわざとらしく困ったような顔をした。

「君のことはどうだっていいよ。だけど、それでこの間の明良ちゃんキス事件みたいに、大きな問題に発展したら困るから、ちょっと僕が今のうちに芽を摘んでおこうかと思ったんだ」

「勝手に思うな。これは俺の問題なんだから」

「そうはいかない。君がボンヤリしてれば、明良ちゃんが心配するし、明良ちゃんが心配すれば、僕だって気になるんだ」

明良の恋人である藤島のことは、どうだっていいらしい。まあ、その点においては、俺も葉月に激しく同意をするところだが。

「で、君、まだ明良ちゃんのことが忘れられないわけ？」

「えっ、明良？」

一瞬、どうして明良のことを言われるのか、俺は判らなかった。そういえば、葉月の言うところの『明良ちゃんキス事件』の発端《ほったん》はそこにあったのだ。

冬貴のことばかり考えていて、すっかり忘れていたが。

「なんだ、明良ちゃんのことじゃなかったんだ」

葉月は妙に嬉しげに言った。ライバルが一人減ったとでも思っているんじゃないだろうかと疑いたくなる笑みだ。葉月だって、明良が好きなのは藤島だと認識はしているだろうに。

葉月のファン心理はさっぱり判らない。

「じゃあ、君は新しい恋をしてるんだね？」

俺は葉月の言葉に一瞬言葉を失った。

「……いや、そういうわけじゃない」

「新しい恋をしてなきゃ、この間まで好きだった人のことはすぐには忘れられないものだよ」

その理屈はなんとなく判るが、それでも俺は冬貴をそういう目では見てないから。

「本当に恋じゃない。ただ、やたらと頭から離れてくれないだけだ」

「頭から離れなくて、ついその人のことだけを考えてしまうわけだろう？　だったら、それは恋に決まってるじゃないか」

葉月ににこにこと微笑まれて、俺はなんと答えたものかと思った。

恋って、そんなに単純な分け方ができるものだったかな。

「一秀が恋ねえ。ふーん。で、相手は誰なの？」

なんだかバカにしたような言い方をされて、ちょっとムッとくる。

「恋なんかじゃないって言ってるだろっ」

「隠さないでいいじゃないか。君、顔が真っ赤だよ。そういうところは可愛いね」

葉月に可愛いなどと言われたら、この世の終わりみたいなものだ。このままムキになって話を続けていれば、葉月にずっと揶揄われるだけだと、ようやく気づいた。

俺はなるべく平静を装って言った。

「とにかく、明良とは関係ないから、おまえにとやかく言われる筋合いはない」

それで葉月が絡むのをやめるかと思えば、そうではなくて、余計にニヤニヤと笑っている。

「隠されると気になるんだよね。君の恋、僕がキューピッドになってあげるから、相談してごらんよ」

葉月がキューピッドなんて、冗談じゃない。そんなもの、かき回されて終わりだ。というか、俺は別に恋なんてしてないし、冬貴との仲を誰かに取り持ってもらいたいわけじゃない。

「こんなの、恋でもなんでもない。ただの欲求不満みたいなものだ」

つい口が滑って、変なことを言ってしまった。葉月はそれを聞いて、今度は楽しいおもちゃを見つけたと言わんばかりに、にんまりと微笑む。

「ほう。じゃあ、君はその人に恋してるわけじゃなくて、身体がその人とエッチをしたがってるだけだって言うんだね」

「そうだよっ」

しつこい葉月に音を上げて、ヤケクソのようにそう言うと、葉月は俺の腕を引っ張って、ソファに座らせた。

「……なんだよ？」

「いいから。君が本当に欲求不満なだけかどうか、実験してあげよう」

ゾッとしてしまった。葉月がどんな実験をするつもりなのか知らないが、俺は本能的に危険を感じた。

「実験なんて、ごめんだ！」

急いで立ち上がろうとしたところに、葉月がいきなり覆い被さってくる。生徒会室のソファで葉月に押し倒される俺、という世にもめずらしい展開になってしまっていた。

「何をするつもりだ？」

「ただの実験。君をちょっとばかり刺激してみて、僕相手でも反応があるなら、それは欲求不満。もし、その人とでなけりゃ嫌だって思うなら、それは恋。ってところかな」

そんな実験を俺の同意もなしに勝手に実行するな！

俺は顔を近づけようとしてくる葉月に抵抗する。体格的に見ても、力は俺のほうがあると思うが、狭いソファで上から馬乗りになられていて、上手く力が発揮できない。

「うわあっ……」

キスされるのかと思って、自分の唇を手で塞いで守ったが、葉月の狙いはそこじゃなくて、俺の首筋だった。

「バカッ。やめろっ」

そんなところを舐めてんじゃねーっ！

そこは本当に俺の敏感なところで、たとえただの実験でも、間違えて葉月の刺激で勃ってしまったら、めちゃくちゃ恥ずかしいことだ。

それに……そんなところにキスするのは冬貴一人だけでいい。言わば思い出の場所みたいなもので……。いや、かなり意味が違うけれども。

だいたい、ここは生徒会室だ。いつ誰が入ってくるかも判らないのに……。

と、俺が考えたせいなのか、いきなりドアが開いた。

そこには呆然として俺と葉月を見ている裕司と由也の姿があった。

「もしかして……邪魔か？」

裕司は気を利かせてドアをそのまま閉めようとしていた。

「バカッ！　誤解だ！　裕司、助けてくれ」

半分悲鳴のような声で助けを求めると、裕司はやっと葉月を引き剥がしてくれた。

「一体、何をしていたんだ？」

裕司は呆れた声で言ったが、襲われかけている友達を誤解で見捨てるような奴だったとは、俺もちょっとショックだ。

「僕は親切にも教えてあげようと思っただけだよ。恋と欲望の差を」

「人の身体を使って、余計なことをするな」

マジで俺は犯されそうになった気分だ。

「恋と欲望の差って、どういうことですか？」

由也は葉月に真面目に質問していた。その言葉と、葉月が俺を襲うことの関係がきっと判らないに違いない。

「つまりね……」

葉月は自分の行動についての説明をペラペラと喋った。どうでもいいが、俺の悩みまで勝手に人に話してしまうなよ。

「で、どうだった？　僕のキスでも感じた？　それとも、その人でなきゃ…って思った？」

正直に言うと、俺は冬貴以外にキスはされたくなかった。先のことは判らないが、今、俺の心を占めているのは冬貴だけだったからだ。

だけど、これが恋かって言ったら……。

やっぱり俺にはそんな自信がない。

「ま、答えたくなければ、言わなくてもいいよ。君自身が判ってさえいればね」

葉月は不意に真面目に言った。

冗談と本気の区別がつかなくなるときもあるが、葉月は基本的に、人のこととなると、けっこう真面目になるのだ。

まるで敵に塩を送られたような気になって、どうも気味が悪い。俺は乱れたネクタイなんかを直しつつ言った。

「恋だって欲望だって、同じことだ。相手は芸能人みたいなもので、俺には手の届かない存在なんだからさ」

「芸能人？　まさかテレビを見て憧れてる、とかじゃないよね？」

葉月は呆れ気味に訊いた。

「そうだったら、まだマシだったけどな」

俺は顔をしかめて言った。

テレビで見るだけだったら、ただの綺麗な顔の男だ。温もりや優しさは、テレビの画面からは感じ取れたりしない。

いっそのこと、あの雨の夜、出逢わなければよかった。そうすれば、俺は今だって、明良にひそかな恋心を残しながら、普通の生活をしていたはずだ。

画面の中の冬貴を見て、胸が痛くなるほどの衝撃を受けることもなく。

人に抱かれる心地よさや自分の弱さを知らずに、今だって……。

「君、やっぱり、それは恋だよ」

じっと俺の表情を観察していた葉月は厳《おごそ》かに告げた。


もし俺が冬貴に恋をしていたとして、だからといって、なんの解決にもならないことに、俺はとうに気づいていた。

もしこれが恋ならば、もっと俺はつらいことになる。自分が恋をしていることも知らず、相手を傷つける言葉でフッてしまったのだから。

でも、たった二日間の付き合いで、恋に落ちてしまうことなんて、あるんだろうか。

本当に……俺は冬貴を自分でも気づかないうちに好きになっていたんだろうか。

俺は生徒会の活動を終えて、校門へと向かった。

校門を抜けて、右へ曲がると、電車の駅に至る道となっている。俺は右側の道に踏み出そうとして、ふと足を止めた。

いや、足が動かなくなってしまっていた。

自分の視界に入ってきたものが信じられなくて。

真っ赤なスポーツカー。後から、これがフェラーリだと知ったが、そのドライバーシートに乗る人物は——。

心臓がものすごいスピードで脈打っている。

頭がカッと熱くなる。

「カズ！」

金髪をなびかせて、彼は車から降りてきた。

本当は駆け寄りたいくらいの衝動を感じている。今すぐ、あの胸に抱きしめられて、キスを交わしたい。だけど、俺はどんな態度で冬貴に接していいか判らず、冬貴がこちらに近づいてくるのをドキドキしながら待っていた。

「あれっ、一秀、何をそんなとこでボーッと立ってるわけ？」

葉月がいきなり後ろから現れて、俺は思わず飛びのいた。

心臓に悪い。俺がせっかく感動の再会をしようとしていたときに現れるなんて。

「失礼だな。人を悪魔みたいに。僕はこう見えても、人に愛を与える天使なんだよ」

それはどうだっていいから、早くどこかに行ってほしかった。

まして、そこにいる金髪の彼が生徒会室での話題の人物だとは知られたくなかった。

だが、葉月は目を丸くして、冬貴を見つめていた。

いや、真っ赤なスポーツカーに金髪長髪の男の取り合わせは、どうしたって、目を引くよなあ。

「冬貴！　どうして、ここに？　学校に用事？」

葉月の親しげな呼びかけに、今度は俺が驚いてしまった。

冬貴と葉月は、元々、知り合いなのか……？

ちょっと待て。冬貴の弟だか従兄弟だかが、天堂高校の現役生徒、もしくは今年の卒業生で、そいつは明良の隠し撮り写真を持っていて、俺の家庭の事情まで知っている奴——だったよな。

葉月は明良の隠し撮り写真を山のように自ら撮っていて、しかも自室にそれを引き伸ばして何枚も貼っているという。もちろん、俺の家庭の事情はもちろん、いろんなことだって知っているはずだ。

どうして冬貴が苗字を名乗らなかったのか、今、判った。

西尾冬貴……だからだ。おそらく、俺と葉月の仲が悪いことまで知っていたから、葉月の親族だとあまり俺に知られたくなかったのだろう。

「あんた、こいつの何？」

感動の再会が、どうして喧嘩腰のセリフになってしまうんだろう。

「兄だ」

冬貴は少し困ったような顔で言った。

よりによって、葉月の兄だったとは！

「最初から俺を騙してたんだな？」

葉月の兄だと知っていれば、俺はこんなに冬貴を好きにならずにすんだ。最初から警戒心をもって接していたと思うし、ドライブに誘われてもついていかなかった。もちろん、無断早退した後、電話もかけなかったし、マンションにも行かず、エッチも絶対しなかった。

こんなに俺を好きにさせといて、最初から嘘をついていたなんて。

「そういうつもりじゃなかった。聞いてくれ。僕がここに来たのは……」

「聞きたくない！」

俺は肩に伸ばされた冬貴の手を打ち払った。

最悪の展開だ。

どうして、こんなことになってしまうんだ。

だけど、俺は葉月の兄さんなんかとエッチしてしまったかと思うと、どうにも自分が許せない気持ちになってしまう。

そんなに葉月が嫌いかというと、そうでもないが、日常の俺を知っている人間に、俺が冬貴に抱かれたという事実を知られたくなかったんだ。

「そうか。芸能人って……」

葉月はポツンと呟いた。

俺の顔がたちまちカッと熱くなっていく。

葉月に知られた。俺が冬貴とただならぬ関係にあることに。

これは恋なんかじゃない。俺は冬貴なんて好きじゃなかった。俺は……。

「カズ!」

引き止めようとする冬貴の腕を、俺はすり抜けて、走り去った。

もう、お終いだ。

二人の前で、涙を流さないですんだのだけが幸いだった、と後から思う俺だった。


俺はまっすぐ予備校に行き、途中のコンビニで買ったおにぎりを頬張って腹ごしらえをする。

地理的に、というか、時間的に、家に帰ってから予備校に行くと間に合わないためだ。

俺は勉強しながらも、頭の中は冬貴でいっぱいだった。

あんなに逢いたかったのに、どうして俺はあんな態度を取ってしまったんだろう。だいたい、冬貴がなんの目的で校門前に現れたのかも判らない。

単純に、俺が逢いたかったから、冬貴も俺に逢いたかったんだと思い込んだが、実は葉月に用事とかだったりして。

それにしても、やっと望みどおりに逢えたのに、また自分から一方的に別れを突きつけてしまった。

俺って、本当にバカかもしれない。

優等生だの学年トップだのと呼ばれて、精一杯、利口なふりをしてきたけど、本当は相当なバカなんだ。

だけど、落ち込むことしかできなかったら、いよいよ救いようのないバカだ。

あんなふうに別れたけれども、やっぱり冬貴に逢いたかった。

久しぶりで生の冬貴に逢ってしまったから、我慢がきかなくなっていた。

やっぱり葉月の言ったとおり、これは恋かもしれない。そうでなければ、この気持ちはまるで説明つかないからだ。

だったら……。

葉月のことなんて、どうでもいいじゃないか。俺が好きなのは、冬貴のほうなんだから。

予備校での勉強が終わった頃には、外は雨が降り出していた。

傘は持ってなかった。降るとは思わなかったからだ。昼間はあんなに晴れていたのに詐欺《さぎ》だと思う。いや、天気に詐欺も何もないが。ちゃんと天気予報をチェックしてこなかった自分が悪いのだ。

俺は足早に駅へ急ぎながら、鞄の中から携帯を取り出した。

今までこんなものを持つ習慣はなかったが、この間の無断早退などがあったため、父親が俺に押しつけたものだ。俺のため、というより、母親が泣かないためなのかと、ほんの少し思ったが。

携帯には冬貴の携帯ナンバーが登録《とうろく》してあった。

忘れようとしていたわりには、とても未練たらしいことをちゃっかりしていたわけだが、今はそれが役に立つ。

　コール音、一回半で冬貴は出た。

「あの……俺だけど」

　こんなに早く出るとは思わなくて、ドギマギしてしまい、名乗るのを忘れてしまった。

『カズ？』

　声だけで判ってもらえて嬉しい。単純だが、そう思った。

　携帯から聞こえる雑音は、どうやら雨の音らしい。ということは、俺と一緒で外にいるってことだろうか。

　しかし、言うと決めていたことが、冬貴の声を実際に聞いたら、頭の中から消えてしまっていた。

「あの……あのさ」

　携帯の向こうで、冬貴は辛抱《しんぼう》強く俺が話し出すのを待ってくれている。

　今、言わなくちゃ。

　俺が言わなくちゃ、冬貴は何も言えないんだ。そして、このままだと、何も変わらない。

　そして、俺が欲しいものは永遠に手に入らないんだ。

「逢いたいんだ、あんたに」

　思いきって言った言葉に、すぐに反応は返ってこなかった。

　ほんの少しの時間が、俺にはすごく長く感じられた。それくらい、雨の中、俺は耳に神経を集中させていた。

『許してくれるのか？』

冬貴の答えは意外だった。

「俺が何を許すんだよ？　俺のほうが……あんたにひどいことばっかり言ってたのに」

『葉月のこと。君が知ったら、嫌がると思って、言い出せなかったこと』

もしかしたら、冬貴は付き合っていた間中、それがずっと気にかかっていたのかもしれない。

「もう、いいんだ。あんなに怒ってごめん」

俺は素直に謝りの言葉が出てきて、ホッとした。ここで意地を張っていたら、本当のバカだ。

『葉月から君が悩んでるんだって聞いた』

あいつ……。いらないおしゃべりなんか、しやがって。

素直になったのも束の間、俺はそう思った。実際、そんなこともう言わなくていいことだ。俺が言うんだから。

『もし悩んでることがあったら、言ってくれ。僕はいつだって君の味方だから』

ということは、葉月は悩みの内容までは言わないでくれたらしい。さすがキューピッドじゃないか。

現金なものだが、俺はそう思って、感謝した。

「俺、ずっと、あんたのことばかり考えていたんだ。あんたの顔とか、声とか、仕草とか、いろんなものが目に焼きついていて、頭の中から消えていかなかった」

思い出すと切なくなってくる。だから、今、携帯越しであっても、夢や妄想でなく、実際に冬貴と話していることが嬉しかった。

「ベッドで寝てると、いつもあんたの顔がちらついて、エッチな気分になって困ったよ」

携帯から、困ったような笑いが聞こえた。

「俺は欲求不満なのかなって思ってた。だけど、葉月はそれは恋だって言ったんだ」

『……今はどっちだと思う？』

「恋……だと思う」

俺は震える声でそう告げた。

不意に、車通りの少ない道路に車が通っていった。水を撥ねながら走るシャーッという音が聞こえる。

あれっ。今、同じ音が携帯から聞こえてきた。

まさか、この近くまで来ている、なんてことはないだろうな。

「今、どこにいるんだ？」

『どこだと思う？』

冬貴の声が携帯を当ててないほうの耳からも聞こえた。

驚いて、振り向いた。

傘がさしかけられる。そして、そこには携帯を耳から離した冬貴が立っていた。

「君の傍にいる」

冬貴は俺の前で微笑んだ。

「冬貴！」

俺は鞄も投げ捨てて、冬貴にしがみついた。

雨で濡れているから、俺が泣いていることなんて判らないだろう。だから、しっかりとしがみついて、離さなかった。

冬貴は傘を持たない手で俺を抱きしめる。

そして、傘の中で、俺と冬貴は心ゆくまでキスを交わした。


冬貴は葉月に俺の予備校を聞きだして、あの車は目立ちすぎるので、近くに止めておいて、本人だけ傘をさして、待ち伏せをしていたらしい。

俺が走っていくのを追いかけていて、途中で携帯を取り出したのを見て、まさかと思ったらしい。

自分の携帯が鳴り出したときには、小躍《こおど》りしそうだったと、後で教えてくれた。

俺は冬貴のマンションにまた訪れていた。

もう二度と来ることはないと思いながらも、夢の中では何度も訪れていた場所だ。

「とりあえず……」

冬貴は俺にタオルを寄越した。

だけど、すっかり濡れていて、タオルぐらいじゃ、どうしようもなかった。さすがに身体が冷えて寒い。

「風呂に入りたいんだけど」

凍えて死にそうとまでは言わないが、このまま放っておくと確実に風邪をひくなと思った。

バスタブにお湯を溜めている間、俺は脱衣所で冬貴に抱きしめられた。

冷たい衣服越しに、暖かさが染みてくる。

やっぱり、俺は冬貴が好きだ。一緒にいて、こんなに安心できる。ドキドキはするが、それはまた別の感情だ。

「寒い？　脱ぐ？」

冬貴は俺のネクタイを取り去り、シャツのボタンに手をかけた。

「自分で脱げる」

ここがベッドなら判るが、これから風呂に入ろうという人間が、幼児でもないのに、どうして脱がしてもらわないといけないんだ。

「判ってるけど、それでも脱がせたいんだよ」

こんなところで脱がされるのは、なんとなく嫌なのだが。

でも、脱がせたいという気持ちがまだ冬貴にあるなら、それは嬉しいことだ。俺の裸なんて、見ても面白くないと思うが、冬貴にとっても興味の対象でなくなったら、悲しい。

しかし、一人だけ裸にされても、何か心もとない感じがする。気恥ずかしいというのか、なんというのか……。しかも、冬貴は俺のこと、じろじろ見つめるし。

「あんたも脱げよ。一緒に風呂に入ろう」

再会早々、エッチを飛び越して風呂から入るのも妙な話だが、一人で入っても、冬貴はこの脱衣所から俺を見学していそうな勢いがあったので、だったら、いっそのこと、一緒に入ったほうが恥ずかしくなくていいと思ったのだ。

それに、やっぱり、せっかく再会したのに、別々の場所にいたくない。当分ベタベタと触れ合っていたいと思うから。

冬貴が服を脱ぐ。脱ぐ動作もすごく自然で優美だ。モデルって、日常生活でもそんなふうなのかな。それとも、冬貴が特別なのか。

夢や妄想でさんざん見た冬貴の身体だが、やっぱり本物が一番格好いいような気がする。そう思うこと自体、赤面ものなのだが、俺はそう思わずにはいられなかった。

仲良くシャワーを浴びて、身体を洗うのもそっちのけで、抱き合ってキスを繰り返す。

もちろん、お互いの間に硬くなったものが存在するわけだが、直接刺激しなくても、こんなふうに抱き合っていると、それだけで気持ちよくなっていくような気がする。

「とりあえず身体を温めよう」

身体を洗うのは全部終わった後のほうがいいという結論なのか、それとも、このままだと身体を洗い終わるまでに何時間もかかると思ったのか、冬貴がそう言うので、二人でバスタブに入った。

お湯は温かくて、俺の身体を癒《いや》してくれるが、それ以上に、冬貴と入っていることに満足する。

いや、本当に俺達、しつこいほど抱き合って、キスしている。というか、たぶん、他のことをすれば——たとえば、お互い勃ってるものを握ったりすれば、すぐにイッてしまいそうだったからかもしれない。

そんなに簡単にイッてしまうのは、もったいないと思う。ずっと夢や妄想で無理やり満足していた俺だから、本物の冬貴がいるなら、もっと気持ちいいことをしてもらってからイキたい。

もちろん、キスと抱擁だけで、充分なくらい興奮していたけど。

我慢ができなくなる前に、俺達はバスルームからベッドルームに移動した。

ベッドの上に仰向けに寝かされて、冬貴がキスをする。夢で何度も見た光景で、ふと、これも現実じゃないいんじゃないかと不安になった。

「これ、夢じゃないよな？」

「僕の夢でもないようだよ」

冬貴はとろけるような笑顔で囁いた。

「あんたも俺の夢を見た？」

「毎晩何度も見て、僕は自分が思ってるより遥かに君のことを好きになってたんだって判ったんだ。だから、今日、学校に待ち伏せに行った。葉月まで一緒に出てくるとは思わなくて、見事に失敗したけどね」

冬貴はクスッと笑って、俺の首筋にキスをした。

「そういえば、葉月にそこを舐められた」

「なんだって？」

いきなりムッとした様子で、冬貴が顔を上げた。

「俺の悩み。恋か欲望か実験しようと言われて、押し倒された。あいつに感じたら欲望、あいつじゃ嫌だって思ったら恋だって」

冬貴は複雑な表情をして、唸った。

「葉月に悪気がなくても、カズにそんなことをするのは許せない」

「まあ、怒っても、なんとも思わない奴だし」

怒るだけ無駄ということだ。よく判っているものの、俺はいつも無駄な怒りにエネルギーを費《つい》やしていた。

「でも、葉月が恋だって言うから、俺もそうなのかなって思い始めたわけだから、少しはあいつも役に立ったかな」

「おいおい。カズは僕のこと、本当に好きなんだろうね？」

冬貴は意外と心配性のようだった。

「欲望だけだったら、キスばっかり繰り返せないよ。もっと手っ取り早く、いろんなことして、あんたをその気にさせてるかも…」

「僕をその気にさせるって？　もうその気だよ」

冬貴は笑うと、俺の胸にキスをした。

左右の乳首を平等に可愛がってもらって、俺はもうかなり極まっていた。だけど、さすがに胸を舐められてイッてしまうのはどうかと思うから、一生懸命、我慢してみた。

冬貴も、わざとのように直接の刺激をそこに与えず、周辺を……たとえば勃ち上がってるそれをちょいとよけて、ヘソを舐めてみたり、腰にキスしたりと俺を焦らした。

「あ…あっ……」

なんだか一人で我慢大会しているみたいで、変だと思うが、それでも我慢した分だけ、後に来る快感は大きいんじゃないかと思う。

「可哀想に。こんなになって」

冬貴は俺のそこを緩く握った。

先端からは液がたくさん滲み出ていて、俺がどれだけ我慢しているかが表れていた。

「もう……俺っ」

腰をもじもじと動かした。冬貴の手で握られてしまったら、そのままイキたくなってしまった。

「もう我慢できない？」

俺がコクンと頷くと、冬貴はそこに唇をつけた。

口でしてもらわなくても、握ったままちょっとだけ動かしてもらえれば、すぐにイッてしまいそうなのに。だけど、やはり口に含まれると、予想以上の気持ちよさが俺を襲った。

今すぐイッてしまいたい。でも、もったいないし。

何度か我慢しようとしたが、俺はあまりの気持ちよさにとうとうイッてしまった。

俺はとりあえずの満足を得た。何故か、冬貴も俺がイッたのを見て、満足そうだ。これからが本番だぞって感じなのだろうか。

「カズ、もっと気持ちよくなりたい？」

今更、訊くまでもないことを訊いてくる。冬貴が何を意図しているのか判らないが、俺は頷いた。

「じゃあ、もっと舐めてあげよう」

「えっ……」

冬貴はまだ俺のを舐めたりなかったのか。それとも、もっと俺を気持ちよくしてあげようという親切からなのか、再びそれを口に含んだ。

イッたばかりなのに、冬貴が上手いのか、我ながら回復が早かった。すぐに元気になって、次へのスタンバイ状態だ。

冬貴は俺の片足の膝を強引に押し上げた。そして、両足の狭間に息づく場所に指を這わせた。

「あっ……んっ……ん」

指が差し込まれて、いきなりイキそうになるが、冬貴が指の位置をずらすと、なんとか持ちこたえられる。そして、再び指が……。

その繰り返しで、まるで俺を弄んでいるような感じだ。

もしかして、冬貴はこんな夢なんかを見ていたんだろうか。自分だって、ものすごく興奮して、我慢しているくせに、それより俺をいじめたいんだろうか。

いや、いじめたいっていうか、俺を文字どおり気持ちよくさせているみたいだ。実際、冬貴が指をずらす度に、俺の快感のレベルは徐々に上がっているようだった。

頭がもう熱くなりっぱなしだ。もちろん身体だって、雨に濡れて寒かったのも嘘みたいだ。俺の身体中が冬貴の言いなりになってるみたいで、でも、それがちっとも不快じゃなかった。

もっと冬貴の言いなりになりたい。

冬貴がしてほしいこと、俺だってなんでもするから。

冬貴がやっと唇を離した。と同時に、指も引き抜かれた。

俺は涙の滲んだ目を開けて、冬貴の顔を見た。

身体は刺激を受けすぎて、痙攣《けいれん》するような震えが来ている。もう限界の一歩手前って感じで、俺はもうどうにでもしてという気持ちだった。

冬貴はにっこり微笑んで、俺の頬を撫でると、俺の両足を抱え上げた。

グッと奥まで突き入れられ、俺は仰け反った。

「痛かった？」

俺は首を横に振った。

そうじゃない。突き入れられた瞬間、あまりの快感に、イッてしまいそうになったんだ。危うく踏みとどまって、冬貴の特訓の成果ありって感じか。

冬貴は覆い被さってきて、俺の身体を抱きしめた。

こういうふうに抱きしめられるのが、やっぱり好きだ。身体の一部がつながっているだけじゃなくて、身体全体でつながっているような気がするからだ。

そして、心も通い合うような気がする。

キスをする。舌も絡み合うディープキス。もう全身で俺は冬貴を感じていた。

「僕のこと、好き？」

半分意識を飛ばしているような状態で、俺は冬貴に訊かれた。

「好き……」

それ以外の何を言えというんだ。俺は冬貴の身体が離れないように、必死でしがみついていた。

身体の中を何かが嵐のように吹き荒れていて、おかしくなりそうだった。

激しく突かれた瞬間、俺は再び達してしまっていた。

そして、冬貴もまた……。

「カズ……好きだよ」

冬貴のその声に、俺は軽いキスで応えた。


それから、俺達は、何回ベッドで抱き合ったか判らない。

数えてないが、それこそ欲望のままに抱き合って、これが夢の続きじゃないと確認し合った。最後に再びバスルームで身体を綺麗にして、そして、今はベッドでくっつき合って、眠りにつこうとしていた。

家には朝イチで帰ると電話した。高校生は家に帰らなきゃと思っている冬貴も、さすがに、今日みたいな日に俺を帰したくなかったらしい。

でも、それでいい。服は洗濯して、乾燥機で乾かしてもらったけど、今日は帰りたくない。

こんなにくっついているのに、時々、不安になる。これが夢だったらどうしよう、と。

だから、家に帰っていたら、不安で眠れなかったと思う。

「一度、君の家に挨拶に行かなくちゃね」

冬貴がビックリするようなことを言う。

「なんであんたが、その、うちに挨拶に来るんだよ？」

それじゃ、まるで結婚の申し込みみたいじゃないか。

「まず、カズの家を見てみたい。家族がどんな人か知りたい。それから、僕がどんな人間か、知ってもらう。これからも、こんなふうにカズを家に泊めたいから、ご家族も僕を知ってくれていたら、安心するんじゃないかな」

理屈は判る。判るが、なんとなく恥ずかしすぎだ。やっぱり、俺とこんな付き合いがあるっていうのは、内緒なわけだし、後ろめたいのもあって、どうにもこうにも。

いや、俺が冬貴に抱かれてるってのを、みんなに言って回るわけじゃないんだから、とは思うけど。

それにしても、葉月には絶対バレた気がする。俺と冬貴の関係。

もう、それも仕方ないと思うが、明日学校で顔を合わせたときに、一体、なんと言われることか。キューピッドと呼ばされたら、どうしよう。ああ。まさか。

冬貴は好きだし、こんな関係に後悔はないが、これを人に知られるのだけは本当にNGだ。

「そういえば、この間、スタジオで撮った写真。カズと撮ったやつが雑誌に使われることに決まったからね」

「ゲッ、あれか」

忘れていたが、そんなこともしたなあ。

「けっこう好評でね、やっぱりカズって意外とモデルの素質があるんじゃないかと思うんだけど」

「俺はそんなことしないからな。だいたい絶対に俺は向いてない」

「この間撮ったのは、すごくよかったんだよ」

「あれは……あんたと一緒だったから……」

だから、緊張もせずに、冬貴に動かされるままになっていたんだ。

冬貴は俺の髪を撫で、額にキスをした。

「そうだな。人に見せるより、僕が独占したいからね」

冬貴はまた気障な口説き文句を披露《ひろう》する。

どうして、こんな恥ずかしいセリフが臆面《おくめん》もなく言えるのか。性格と言えばそうなんだろうが、冬貴はやはり普通の人間とはちょっと違う感覚の持ち主なのかもしれなかった。

まあ、そういうところも、俺は好きなんだろうし。

しかし、冬貴はさすがに葉月の兄だという気もしないでもない。

自分の道を行くってのも、大事なことかもしれないが。

俺も変なプライドみたいなものを捨てれば、もっと楽に生きられるのかもしれない。家族に冬貴を紹介したっていいじゃないか。

明良が目を丸くして、それから『カズちゃん、どうしたの』って。

そうしたら、そっと小さな声で答えてやるんだ。

俺の好きな人だよって。

今すぐ言えなくても、いつかはきっと。

そして、冬貴と一緒に天堂高校の文化祭に行こう。みんなに冬貴を見せて回ろう。

それから……。

常夜灯の光の中でも、冬貴の顔が整っているのが判る。優しく微笑んで、俺を見ている。

ふと、好きだという感情だけが不意にふくれ上がって、キスをした。

「大好きだ」

素直な気持ちを口にした。今はそれが許される気がしたから。

「僕もだよ」

冬貴はふわりと微笑んだ。

綺麗すぎるほど整った顔。

そして……。

目を瞠る俺に、冬貴は優しくキスを返した。

END

胸さわぎの夏休み

夏期講習なんて、受けるのは初めてだ。

オレ——山篠由也《やましのゆうや》は、ハンバーガーショップで頬杖をついてそう思った。

テーブルには、ポテトとコーラ。それから、夏期講習用のテキストとノートが載《の》っている。そして、目の前には羽岡明良《はねおかあきら》がやっぱり退屈《たいくつ》そうな顔をして頬杖をついていた。

オレはここで、オレの恋人である鷹野裕司《たかのゆうじ》を待っていた。明良は同様に彼の恋人である藤島優《ふじしますぐる》を待っている。

「やっぱり、オレ達は時間を無駄に過ごしちゃいけないと思うんだよ」

明良がくりくりとした大きな目で、オレにそう訴えた。

「うん。だから、ここでこうして勉強しようとしてるはずなんだけど」

店内は騒がしくて、勉強するどころじゃない。

ここはオレ達が通ってる予備校のすぐ傍《そば》にある店で、授業が終わった後にみんなが息抜きに訪れる場所であり、こんなところで待ち合わせをすれば落ち着かなく、まして勉強なんて、できるはずもなかった。

いくらこの夏期講習が、夏休み中で鷹野先輩に接触《せっしょく》できる数少ないチャンスだったとしても、この計画は無謀《むぼう》だったかもしれないと思うのだ。

それに……。

鷹野先輩達の気持ちはどうだろう。

勉強しているときにオレ達が待ってるのは、どこか気詰まりじゃないのかな。気が散って勉強に身が入らないとか、そんなことないんだろうか。

生徒会の活動をする鷹野先輩の帰りを待っていたことがあったが、あのときも、オレはこんなふうに落ち着かなかった。

先輩は迷惑してるんじゃないかって。

いじいじと待ってられるよりは、すっぱり男らしく帰ったほうがスッキリするんじゃないかって思ったこともあった。だけど、鷹野先輩がそんなことないって言うから……待ってもらったほうが嬉しいって言うから、それから先は、よそで待ってたり、生徒会室で仕事の手伝いをしたりした。

だけど、今回は予備校で受験勉強だ。集中しなくちゃいけないときに、待ってられるのって負担《ふたん》じゃないのかな。

とはいえ、何もオレ達が先輩達を勝手に待ってるわけじゃなくて、当の先輩達から、せっかく逢えるチャンスなんだから、待っててほしいと言われたんだけどさ。

でも、ここはやっぱり環境悪すぎだ。待ち合わせするにしても、今度からは他の場所にしよう。

いや、もしまだ待ち合わせをするなら、の話だが。

もちろんオレだって、鷹野先輩と一緒にいたい。顔を見たいし、話をしたいし、キスもしたい。できることなら、エッチなことだってしたい。

だけど、先輩の邪魔《じゃま》になるなら、逢えなくても我慢する。先輩自身は邪魔だと思ってなくても、もし、それが成績に微妙に影響するなら……やっぱり逢わないほうがいいと思うんだ。

そんなこと考えずに、せっかくの夏休みなんだから、もっと遊んでいたいけど……。

あと、オレも明良も、半分お付き合いで夏期講習を受け始めたんだけど、もっと勉強しないと、先輩達のレベルに近づけないことが判ったんだ。

だから、こうして待ってる間に勉強しようなんて、思いついたわけだ。だから、余計に、時間を有効に使えなくて、オレも明良もちょっとイライラしてる。

「オレ達、勉強するために夏期講習に通ってるんだから、こんなふうにダラダラ待ってるのって、よくないと思うよ。きっちり時間を決めて、逢うほうがいいと思うんだ」

明良がめずらしく、しっかりとした意見を語った。

そういう言い方は嫌味なのかな。明良は元からちゃんと自分の考えを持っているようなんだけど、どうもそのぬいぐるみみたいな可愛い容姿を見ていると、なんだか幼児を相手にしてるような気が時々してしまう。

明良には悪いと思うんだけどさ。けっこう涙もろいし。

「そうだね。結局、どこで待ってたって、待ってることには変わりないんだし。それより、何日の何時から何時までって感じで逢ったほうがいいと思う」

ということは、毎日は逢えないことになる。それは本当は悲しいことだ。だけど、鷹野先輩が……あ、いや、先輩達が勉強に集中できるなら、それでいいと思う。そして、オレ達も頑張《がんば》って勉強するし。

ひょっとしたら、先輩達はオレ達みたいに必死で勉強しなくても大丈夫なのかもしれないけどね。オレも明良も、いろいろ複雑なんだよ。ホントに。

ストローをくわえ、コーラを飲んだとき、オレは店内に意外な人物の顔を見つけてしまった。というか、通路を歩いていた彼とバッチリ目が合ってしまった。

「子猫ちゃんじゃないか。こんなところで何してるんだ？」

親しげに声をかけてきたのは、同じ高校の三年、楢崎哲治《ならさきてつじ》だ。

彼は、オレにさんざんモーションをかけてきた相手だ。まあ、はっきり言うと、オレは楢崎にレイプされかけたことだってあるから、彼が親しげにオレに声をかけてくるなんて、大間違いなのだが、なんとなく憎めない面もあって、オレもつい彼に話しかけられる隙《すき》をつくってしまう。

しかし、それが何かに発展するということはもうないはずだ。初物食いが趣味だったはずの楢崎には、一年の可愛い恋人ができたからだ。

当時は『あの楢崎が』と噂《うわさ》されたものだが、楢崎に特定の恋人ができるなんて、しかもその子にメロメロになってしまうなんて、誰も想像してなかったのだ。

見ると、楢崎の傍《かたわ》らには、その恋人と思《おぼ》しき童顔の子がいた。どこか不安気にオレと楢崎を見比べていて、オレにはその子の気持ちが手に取るように判った。オレも、同じような経験があるからだ。

鷹野先輩が小学生のときの後輩と再会したのはいいが、その子が先輩を独占してしまったから、傍にいながら置いてきぼりになってしまって、淋しい思いをしたんだ。今の楢崎の恋人の気持ちって、同じようなものじゃないかな。

楢崎はそんなつもりがなくっても、この場合、妙に不安になっても仕方ないと思うし。

「その子、恋人？」

オレは楢崎にくっついてる子に笑いかけた。すると、その子はキョトンとした顔になって、それから、はにかむような笑顔を見せて、ぺこりと頭を下げた。

楢崎はそんな彼を優しい目で見て、微笑んだ。

驚きだ。

楢崎は普段は鋭い瞳をしていて、一匹狼みたいなところがあったのに、この優しさは一体なんなんだ。いや、それは、相当この子に惚れてるってことだろうけど。

紹介もされてないうちから、ごちそうさまな気分にすっかりなってしまった。

「立花朋巳《たちばなともみ》だ。俺の幼なじみ。俺の家の隣に住んでる」

恋人かと訊かれて、この答え方はないだろうと思いつつも、意外と照れ屋なのかもしれない。確か、恋愛なんてしない主義とか言ってなかったかと思うのだが、自分が本気になると、こんなものだろう。

「朋巳くんっていうんだ？　オレ、二年の山篠由也っていうんだけど」

「あ、えっと、はじめまして。立花朋巳です。哲ちゃんがいつもお世話になってます」

朋巳くんがぜんまい仕掛けの人形のようにぎこちない動きで深々と頭を下げた。

しかし……哲ちゃんかあ……。

そうか。あの楢崎がねえ……。

「なんだよ、変な目で俺を見るなよ」

楢崎はわざと怖い顔をしてみせたが、全然迫力がない。それどころか、そんなふうにいい方向に変わってしまった楢崎は、微笑ましくも思えた。

「笑ってんじゃねーよ」

凄《すご》まれれば凄まれるほど、こっちはおかしくてならないんだけど。

「あんたももしかして予備校に通ってるんだ？」

ここにいるってことは、そうなのかと思って訊いてみた。いや、楢崎はよく授業をサボっていたので、予備校に通うほど勉強熱心だとは思わなかったのだ。

「そりゃ、俺も一応は受験生だし、遊んでるわけにもいかないだろう？」

「あ、でも、三年は授業がまだあるんじゃ……」

またサボリかと思ってオレがそう言うと、楢崎は鼻先でふふんと笑った。

「俺はあいつらとは選択してる科目が違うんだよ」

「あ、なるほど。……でも、あいつらって……」

「どうせ、あいつらを待ってるんだろう？　そんなの、丸判りなんだよ」

それはお恥ずかしい限りで。

形勢逆転というか、今度はオレのほうが照れる番だった。

「だけど、こんな可愛い子猫ちゃんを二人っきりでこんな場所によく放置できるなあ。俺だったら、絶対できないよ」

そう言いながら、楢崎は朋巳くんの髪をいじった。朋巳くんはくすぐったそうに、肩をすくめていたが、幸せそうだ。楢崎はたぶん無意識にやっているんだろうけど、その仕草から、どれだけ彼のことを大事に思っているのかが判って、羨《うらや》ましいと思った。

もちろん、オレが鷹野先輩に大事に思われていないというわけじゃないけど、このカップルの微笑ましさというのは、幸せいっぱいの新婚さんみたいなのだ。

楢崎はオレの視線に気づいて、髪をいじるのをやめた。そして、置き所のなくなった手を自分の口元に持ってきて、咳《せき》払いなんかするから、妙におかしい。

「笑うなって。まあ、そんなわけだから、鷹野によろしくな」

楢崎がどうして鷹野先輩によろしく言うのか判らないが、彼は朋巳くんを伴って、店の奥の向こうの席に去っていった。

「あの人が噂の楢崎なんだ？」

明良が感心したような納得したような変な声を出した。

どうやら明良は楢崎とは初対面だったらしい。藤島先輩とくっつく前に、天堂高校でアイドルと呼ばれていた明良だったが、楢崎がモーションかけてなかったとは意外だ。

確か、後からオレが聞いた話によると、明良には暗黙《あんもく》の了解みたいなものがあって、みんなが手を出さずに見守っていたという。だからといって、あの楢崎がおとなしくそんな了解を守ってるはずもなく、明良は楢崎の好みからはちょっと外れていたに違いない。

綺麗な子が好きだって言ってたから、ぬいぐるみタイプの明良は違っていたのかも……。

オレが楢崎の好みだったってことにしときたいんだけどさ。

とはいえ、楢崎が最終的に選んだのは、可愛いタイプで……しかも明良以上に子供っぽいタイプだ。幼なじみと言っていたから、単に好み以上のものがあったんだろうと思うけど。

なんにしても、あの楢崎が……と思うと、やっぱり不思議な気がする。

「でも、幸せそうなカップルって感じで、よかったね」

明良がそうコメントしたが、それは明良にだって言えることだ。

もちろん、このオレにも……。

そう思った途端に、オレの頭の中に、鷹野先輩の顔が浮かんだ。

……ダメだ。想像しただけで、メロメロって感じ。

どうも、オレは鷹野先輩にかなり参っているようだ。今だって、先輩の席の隣に可愛い女の子が座ってるんじゃないかって、ドキドキするくらいだ。

楢崎は、オレ達をこんなところに置いておくなんて……と言ったけど、オレは自分のことより先輩のことを心配しちゃうよ。

どうしたって、オレは女の子には勝てないからさ。もちろん、先輩が浮気なんかしないって判ってるけど、心変わりはあるかもしれないじゃないか。そう、それは本気ってやつだ。

オレは先輩のことが気になって、腕時計を見た。もうそろそろ授業が終わる頃だ。

「明良、将来のことって考えたことある？」

「将来のこと？」

明良は大きな目でオレを見つめた。

「ううん。あんまり……ていうか、今は現実感ないし」

「そうだよな。予備校行ったって、せいぜい考えることっていったら、どこの大学行こうかくらいだもんな」

オレは頬杖をついて、深い溜息をついた。

「来年は先輩達、卒業してしまうし、そうしたら、今までとは同じではいられないじゃないか。逢えない日もあるだろうし……鷹野先輩、きっと大学でモテるだろうな。合コンなんかで女の子に言い寄られたり、バイト先でナンパされたり……」

そうして、女の子と接触する機会が多ければ、何も男の自分と付き合う必要なんかないと思うのだ。そりゃあ、先輩が男しかダメだっていうなら別だけど……。

さすがに、先輩に、そんなこと訊けないしなあ。

ふと、見ると、目の前で明良が涙ぐんでいる。

「えっ、明良、どうしたんだよ？」

「だって、由也が変なこと言い出すから、オレもついいろいろ考えてしまって……」

しまった。明良を泣かせてしまった。

「あ、いや、藤島先輩は明良一筋だから。ほら、十年もの間、明良のこと、好きでいてくれたんだろう？　だったら、今更、そんな心変わりなんてことはないと思うんだよ」

オレは必死になって、落ち込んだ明良の気持ちを引き上げようとした。こんなことで泣かせていたら、オレが藤島先輩に怒られてしまう。

それにしても、どうしてこんなに簡単に、明良の目からは涙が出てくるのだろう。もしかして、オレとは目の機能に差があるのか。

「優ちゃんだって、あんな派手な顔してるから、モテると思うんだよね。前に風紀委員の子達をはべらせていたけど、あんな感じで大学でハーレムを築いたらどうしよう」

「明良、それは考えすぎだって……」

いくらモテたところで、ハーレムまではつくらないだろう。

「どうして日本は飛び級がないんだろうね。あったら、オレ、必死で勉強して、大学に入るのに」

そこまで藤島先輩のことが好きなのかと思ったら、ちょっとホロリとする。しかし、こんな可愛い明良を藤島先輩が手放すはずもないだろう。

「明良、こんなところで何泣いてるんだ？」

突然、降ってきた藤島先輩の声に、オレは顔を上げた。

いつの間にか、授業は終わっていたらしく、藤島先輩、そして、その後ろに鷹野先輩がいた。手にはハンバーガーだの飲み物だのを載せたトレイを持って。

藤島先輩は明良の横に腰かけ、優しく肩を抱いた。

「明良は泣き虫だね」

「だって……」

藤島先輩は明良の涙を指先で拭《ぬぐ》ったりして、もう二人の世界という感じで、なんとなく視線を逸らしてしまった。いや、見てると照れるんだよ。

オレの横には鷹野先輩が座った。

「待たせてしまって、すまなかった」

低い声で言われて、ドキッとする。

そんなにくっついているわけじゃないのに、傍に座られると体温を感じる。鷹野先輩はすごく優しくて、あったかい人だから、体温まで熱く感じるのかもしれない。

「勉強、どうだった？　オレ達、待たせてるからって、集中できないってこと、なかった？」

思わずそう訊くと、日頃は怖い顔をしている鷹野先輩は柔和《にゅうわ》な笑顔を見せた。

「待たせてたのは気になったが、それで勉強できないわけじゃない。いい加減、俺を信じてくれ」

確かに信じてないみたいな言い方をしてしまったみたいだ。顔が火照《ほて》ってしまう。

鷹野先輩はオレなんかより、ずっと凄い人なんだから。

オレが考えるよりも、ずっといろんなことを考えていて、要領よくやっていける人なんだから、オレが心配することでもなかったんだ。

「それより、待たせていたのには理由があるんだよ」

藤島先輩は今にも明良にキスでもしそうな距離で微笑んだ。

「僕達は受験生なわけだけど、何も夏休み中、勉強をしなけりゃいけないわけでもない。高校生活最後の夏休みだからこそ、いろいろやりたいこともあるって、判るだろう？」

後半は明良に向かって言われた言葉だが、オレだって、それは判る。同じ高校にいるうちに、オレや明良は先輩達とできるだけ長く一緒にいたいと思っている。それときっと同じことだと思う。

だから、オレと明良は、時間を無駄にしちゃいけないとかなんとか言いながらも、こんな場所で二人を待っていたのだ。自発的には待てないけど……やっぱり待ってたら迷惑な気がするけど、少なくとも、相手のほうから待っててくれと言われたのに、嫌だとは絶対言えなかった。

それだけ、だんだん一緒に過ごす時間そのものが貴重なものになっていくから。

「四人で海に行かないか？」

鷹野先輩がそう言った。

「もっといろんなことをしたいけど、海くらいがちょうどいいかってことで。どう?」

藤島先輩の言葉に、オレと明良は顔を見合わせた。

さっき、さんざん時間は有効に使わなきゃいけないと議論していたオレ達だ。

しかも、二人とも泳げない。まあ、一度、池で溺《おぼ》れかけているから、鷹野先輩も藤島先輩もそんなことはよく知っているだろうけど。

だけど、海……といったら、泳ぐだけじゃない。いろんな楽しみ方があるんだ。

オレと明良は目で会話をして、同時に頷いた。

「行く!」

元気のいい答えに、二人の先輩達は笑った。


それから一週間ほど経《た》って、暑くてたまらない日曜日に、オレ達は四人で海に行った。

オレと明良は泳げないといっても、普通のプールの授業でそれほど困らないくらいには泳げるので、それぞれの恋人にちょっと深いところまで連れられていった。

海はプールと違って、波があるから怖いんだ。特に、波が引くときに、自分の身体が意思とは関係なく、沖へと引きずられていく感覚がとても怖い。

それに、オレは一度、池で溺れかけているし。いや、あれはもう溺れたと言ってもいいのかな。

鷹野先輩に人工呼吸までされてしまったオレとしては、また溺れてしまうんじゃないかっていう恐怖があるんだ。でも、鷹野先輩に掴《つか》まってれば平気だ。

先輩はオレを絶対守ってくれるから。

他に、明良と藤島先輩が砂浜で子供みたいにお城みたいなのを熱心に作ってたっけ。オレが言うのもナンだけど、この二人って、どこか子供っぽいところがあるよね。鷹野先輩にそう言ったら、笑ってたけど。

海の家で、焼きそばを食べたり、かき氷を食べたりした。

鷹野先輩はとても格好よくて――水着になると、体格がいいのが余計に目立つから、女の子に声をかけられてた。

無理ないと思いながらも、オレが恋人だよって主張もできないしね。

本当は、先輩のこと、誰にも見せたくない。どこかに隠しておいて、オレだけのものにしておきたい。だけど、それは不可能なことだ。

それに、オレは隠しておきたい反面、鷹野先輩を誇《ほこ》りに思っているから、みんなに先輩がどんなに格好いいかって見てもらいたいって気持ちもある。といっても、オレの恋人だって言えないから、本当にそれはオレのひそかな自己満足なんだけどさ。

「ねえ、由也」

明良が日に焼けた顔で、帰りの電車の中でオレに耳打ちした。

「何？」

「あのさ、鷹野先輩のこと、いい加減、名前で呼んであげれば？」

一体、何を言い出すかと思えば……。

「前から思ってたんだけど、恋人なのに、みんなと大して変わらない呼び方するのって、きっと鷹野先輩、嬉しくないと思うよ」

うーん、それはそうかもしれないとは前々からオレも思ってたけど。

「鷹野先輩じゃ、やっぱり変かなあ。今更、他の呼び方するのも照れるんだよ」

「でもさ、先輩って呼んでたら、他の後輩と一緒だよ。ただでさえ、オレ達、大っぴらに人に言えない付き合いしてるんだから、呼び方で差をつけないと」

そう言われれば、そうかもしれない。

オレの恋人だって主張する代わりに、名前を呼ぶんだ。

「だけど……照れるなあ」

「呼んであげたら、鷹野先輩、きっと喜ぶと思うなあ」

「ホント？　喜ぶ？」

「絶対だよ。もうメロメロになって、その場で踊っちゃうかもしれない」

いや、いくらなんでも、鷹野先輩は踊らないと思うが。それとも、藤島先輩は、嬉しいことがあると、踊っちゃう人なんだろうか。

変な人だな。

思わずオレは藤島先輩の踊ってる姿を想像してしまった。

「明良達、楽しそうだね」

「え？　別に普通だよ」

明良はキョトンとした顔で、首をかしげて藤島先輩に言った。横にいるオレは、藤島先輩の顔を見ると、どうにもおかしくて仕方がなかったけど。

そうか。やっぱり名前を呼んだほうがいいのか。

オレと鷹野先輩は、二人に別れを告げて、鷹野先輩宅へとまっすぐ向かった。

いつもは勉強ばかりの毎日だが、今日は楽しく遊ぶんだ。先輩の家はすごく大きくて、自室がなんと離れになっているんだ。

海の家でちゃんとシャワーは浴びてきたけど、なんとなく砂っぽいオレ達は、まっすぐ先輩の部屋のほうへ向かった。先輩の部屋には、お風呂だってついてるんだよ。ユニットバスだけど。

「ずいぶん日に焼けたな」

先輩は服を脱いだオレを見て、そう言った。

「先輩だって……」

あ、また先輩って呼んでしまった。だけど、急に名前なんて呼べないよ。

だいたい、なんて呼べばいいんだろう。

裕司先輩、裕司さん、裕司……。

うわあ。考えただけでも、顔が赤くなっちゃうよ。

二人でバスタブに入ると、シャワーを浴びる。当たり前だけど、二人とも裸だ。何度もこんな経験してるわけなんだけど、いつも最初は照れてしまう。自分が裸でいることに。そして、鷹野先輩のたくましい裸が傍にあることに。

コンプレックスとはまた微妙に違う。だけど、なんだか恥ずかしくて仕方がないんだ。

いつものように先輩はオレの身体を洗ってくれる。変な話だけど、先輩はオレの身体を洗うのが好きみたいだ。というより、身体をいじるのが好きなのかな。それとも、いじられて、反応を返すオレを見るのが好きなのかもしれない。

先輩は見かけによらず、けっこうスケベだから。

本当に、見ただけじゃ、そんなエッチなことしなさそうなのに、実際はすごくすごくエッチなことするんだよ。オレが泣いてしまうくらいに。

だけど、オレは先輩がそうしたいのなら、泣いてもいいかなあって……。恥ずかしいことでも、エッチなことでも、先輩がしたいって言うなら、なんでもするよ。

泡だらけになりながら、二人でキスしながら抱き合う。

もう、それだけで眩暈《めまい》がするほど高まってしまう。

「ああっ……先輩……好きっ」

好きすぎて、何もかも判らないくらいに。

本当はいくらキスしても、いくら抱き合っても足りないくらいに、オレは先輩が好きでたまらなかった。先輩はオレのそんな気持ちをどこまで判ってくれているか疑問だったけど。

もっとも、オレはそんなに好きだってことを、先輩には告げていなかったから、判らなくても、責められないと思う。

もっと気持ちを伝えられたらいいな。そうしたら、先輩はもっとオレのこと、好きでいてくれるかもしれない。反対に鬱陶《うっとう》しい奴だって思われたら、嫌だけど。

オレは先輩の背中に泡だらけの掌《てのひら》を這《は》わせた。

筋肉質な肌が触り心地よくて、オレは何度もそこを往復して撫でた。

「もっと他の場所も撫でてほしいな」

オレはリクエストどおり、先輩の硬くなってるものに指を這わせた。泡で滑《すべ》りがよくなっているせいもあって、何度か刺激すると、それはもっと硬くなっていった。

「気持ちいい？」

オレは思わずそう訊いた。

「ああ。由也が触ってくれれば、何度でもイケそうだ」

耳元でそう囁かれて、首をすくめた。

「耳は好きだろう？」

ぺろりと舐《な》められて、身体を震わせる。

「敏感だな」

「違う」

「これでも？」

先輩はオレの耳にフッと息を吹き込んだ。途端に、オレは喘《あえ》ぎにも似た声を出してしまった。

耳に先輩の笑い声が響く。

「先輩にされたら、敏感になるだけだ。誰にでもそうじゃない」

そう抗議すると、先輩はオレをぎゅっと抱きしめた。

「俺だって、おまえだけだ。おまえだけが、俺をこんなに奮《ふる》い立たせるんだ」

先輩はオレの唇を塞《ふさ》ぎ、ゆっくりと狭いバスタブに折り重なる。

「あ……」

先輩の指がオレの胸の突起に触れた。

「由也の水着姿、本当は誰にも見せたくなかった」

なんだ、先輩も同じこと考えていたんだ。

「でも、オレが水着着てたって、誰も注目しないよ。ビーチで目立つのは、女の子達だよ」

天堂高校という特殊な環境ならいざ知らず、世間の男が注目するのは、ビキニだのハイレグだのだろう。

「俺には由也しか目に入らない」

そんなふうに言ってくれるのって、すごく嬉しい。オレは先輩にしがみついた。

「もうダメだ。ベッドまで我慢するつもりだったのに」

先輩はオレの乳首を舐めた。

「あっ…あ」

指はもうオレの大事なところをまさぐっている。いつもオレが先輩を受けて入れている場所だ。

前のほうは、今は刺激されてないのに、後ろのほうをいじられているだけで、もっと硬くなってくるんだ。

これから、何をされるか判っているから。

指はオレの中に静かに入ってきた。

「あっ……先輩っ」

オレは首にしがみついて、なんとかその刺激に耐えようとした。そうしないと、すぐにイッてしまいそうだったからだ。

「先輩って、一体、誰のことかな?」

そんな意地悪なことを言われた。たまに、先輩はそんなふうに言って、オレをいじめるんだ。やっぱり、名前とか呼んでほしいのかな。

オレは思いきって、小さな声で言ってみた。

「裕司先輩」

その言葉に、先輩はふと動きを止めた。

そして、顔を上げて、驚いたようにオレの顔をまじまじと見るんだ。

「そんなに見るんだったら、もう呼んであげない」

そう言うと、先輩は笑って、オレにキスをした。

「ビックリしたんだ。まさか名前を呼んでもらえるとは思わなくて」

「明良に言われたんだ。いい加減、呼んであげなよって。先輩、絶対喜ぶからって。……喜んでる？」

「もちろんだ」

先輩はもう一度、キスをした。

「明良に何かお礼をしなくちゃな。由也に名前を呼ばせたお礼」

オレはちょっとおかしくて笑ってしまった。

そんなに、先輩はオレに名前を呼んでほしかったんだ。

「オレには何かお礼してくれないの？」

「してやろう。何が欲しい？」

オレは催促《さいそく》するように腰を揺らした。

「裕司先輩が欲しいな」

先輩は優しい顔で笑って頷いた。

「由也が欲しがる分だけ、いくらでもやろう」

先輩は指を引き抜くと、オレの中に侵入してきた。

いつだって、その瞬間の衝撃には慣れなくて、身体が緊張するけど、それでも先輩がオレの中に入ってくるんだって思えば、それも嬉しい。

先輩はオレの前のほうを柔らかく握った。

「あ……っ」

「今日は嬉しいから、由也が泣くまでする」

「そんなの……変」

でも、そこまでオレのこと好きなのかって思ったら、嬉しくてたまらない。

オレは言葉とは裏腹に、先輩の首にしがみついた。

「変でもする。俺は由也が好きだから」

「裕司先輩……っ」

先輩はオレの内部を擦るように行き来していく。

もちろん一度だけでは終わらないだろう。きっと、この後、ベッドでも……。

本当に泣くまでされてしまうかもしれない。先輩は本当にこういうときはしつこいから。

だけど、とても幸せだ。

先輩がオレを好きだって……オレだけだって言ってくれたから。

オレは先輩の手の中でイッてしまっていた。先輩もほどなくオレの中で熱を吐き出して……。

「とりあえず、ベッドだ。身体は後でゆっくり洗おう」

先輩は泡を洗い流すのももどかしいようだった。

「そんなに焦らなくても……」

そう言ったオレの鼻の頭を先輩はちょんとつついた。

「時間は有効に使わないとな」

そんな、受験勉強じゃないんだから。

「体力も時間も、すべて由也のために使いたいから」

そこまで言われると本望かもしれない。オレはうっとりと先輩を見上げ、その首にしがみついて、頬にキスをした。


一体、ベッドで何度キスしたことか。

もちろん、キスだけでなく、いろんなことをしたのだが。

やっと身体も髪も綺麗に洗って、オレは先輩とベッドで抱き合っていた。

「明日からまた勉強頑張らないとね」

そう言うオレに、先輩はチュッとまたキスをした。

「俺は大学に入ったら、一人暮らしをしたいと思っている」

「えっ、でも……」

先輩の志望する大学は家から充分に通える距離にあった。

先輩のご両親は再婚で、義理のお父さんとは一時期、不仲だったらしいけど、まだ何か引きずっているんだろうか。

「バイトして、一人暮らしをする。勉強して、社会に出て、一人前の男になる。本当はそうして初めて心置きなく由也を抱けるんだと思う」

心置きなくって、今までそうじゃなかったんだろうか。それにしては、いつもいつも激しいエッチをしていたような気もするけど。

「俺はまだ半人前以下だ。子供みたいなもんだよ」

ずいぶん大きな子供なんだね、と思ったけど、チャチャを入れることになるので、オレは黙って、先輩の髪を撫でた。

「俺は由也が好きだ。だから、どんなことがあっても、一緒にいたい。だから、ちゃんと責任をまっとうできる男になりたいんだ」

先輩はオレの目を見て、真剣に言った。

そうか。オレのこと、そんなふうに思っててくれたのか。

なんだか、涙が出そうになる。胸に暖かい感情がせり上がってきて。

「裕司先輩……オレもいっぱい勉強するから。そして、ちゃんとついていくから……」

まるで結婚の約束でもしてるようだ。泣きたくなる反面、とてもおかしくなるんだけど。

今度は先輩がオレの髪を撫でた。

「俺は由也が好きだ。だから、誘惑に負けてしまって、勉強そっちのけで、一緒に遊んでしまったり、ベッドに連れ込んでしまったりするけど、本当の気持ちは、一人前の男になって、由也を心ゆくまで愛したい」

我慢していた涙が不覚《ふかく》にも零《こぼ》れ落ちてしまう。

「先輩はそんなこと我慢しなくていいんだ」

「でも……な」

「だって、先輩は無理やりエッチしてるわけじゃない。オレだって、してほしいんだから」

将来のこと、とても不安だよ。だけど、そんなふうに先輩が言ってくれるなら、オレは、どこまでだって、ついていくよ。

先輩は判ったというふうに頷いた。

「由也……」

強く抱きしめられる。

そうだ。オレ達はまだまだこれからなんだから。

付き合い始めて、まだ半年にもならないんだから。

もっと、ゆっくり歩いていこう。逢えない日も、喧嘩する日もあるかもしれないけど。
それでも、オレは先輩の言葉を信じているし。
先輩だって、きっとオレのこと信じてくれると思うから。
「裕司先輩……」
オレは新しい呼びかけを先輩にする。
いつか、今度はもっと親しい呼びかけができるように。
オレは自分から裕司先輩の唇にキスをした。

END

■あとがき■

こんにちは。水島忍《みずしましのぶ》です。

今回はカズちゃんの話ということで、いかがでしたでしょうか。

彼は受だ攻だと、いろいろ噂《うわさ》をされていたようですが……こういうことになりました。皆さんの予想は当たったでしょうか。

私としては、カズちゃんには、明良《あきら》を好きなまま恋愛をしてほしいなぁと思ったんです。単純に、明良より好きな人ができたってのは、ちょっと不実なような気がして。いえ、たぶん、カズちゃんはそう思うだろうと。明良への気持ちとは別に、好きになれる人が現れるなら、そのほうがいいじゃないかと思います。

とはいえ、地味っぽいカズちゃん。これまでのシリーズの中、「胸さわぎがとまらない」以外は、かなり影が薄かった……というか、「胸さわぎのアイドル」では影も形も出てこなかった彼。主役を張るには、これではよくないと思い、相手役には思いっきり派手な美形になってもらいました。

というわけで、金髪にしました。で、長髪は明神《みょうじん》さんのリクエストでしたっけ。金髪で長髪で……そんな大人（落ち着いた大人の男にするというのは決まってたんです）は、どんな職業についてるんだろうと二人で話し合って、モデルとなりました。金髪でモデルなら真っ赤なフェラーリに乗せるわっと私が断言して（いや、まあ同人的なこだわりが私にあって……）、そこで冬貴《ふゆき》というキャラが出来上がったのでした。

しかし、表紙イラストのカズちゃん。とってもキュートですよね。ふふふ。彼は眼鏡を外すと、受になっちゃう体質だったのよ〜、なんてね。でも、私は文章を書いてるだけなので、そんなに違和感ないのですが、実際に受カズちゃんを描かなければならない明神さんは大変だったかも。彼は攻キャラとして生まれた子だし（笑）。

そんなわけで、明神さん。お忙しいところを、綺麗なイラスト、本当にありがとうございました。

そして、K坂さんをはじめ編集部の方々、大変お世話になりました。

次のオヴィスは十二月予定。で、次の胸さわぎシリーズは、来年になる予定です。この本の感想は、編集部気付で送ってくださいね。

……あ、「胸さわぎのアイドル」のあとがきで書いていたキャラ&カップリング人気投票のお礼のミニ本ですが、まだ作っておりません。あのあとがきを書いた時点では、確か九月くらいはスケジュール空いてるはずだったのに、何故か今は全然暇がなくって……。

ということで、ミニ本発送はもうちょっと待ってくださいね。キャラ設定（誕生日とか血液型とか）や胸さわぎカルトクイズなどを載せる予定です。

それでは、次の本でまたお会いしましょう。

二〇〇〇年九月某日　水島　忍

■初出一覧■

胸さわぎのナビシート／書き下ろし
胸さわぎの夏休み／書き下ろし

水島 忍先生、明神 翼先生にお便りを
〒101−0061東京都千代田区三崎町3−6−5原島本店ビル2F
コミックハウス内　第5編集部気付
水島 忍先生　明神 翼先生
編集部へのご意見・ご希望もお待ちしております。

著　者――水島 忍
発行人――野田正修
発行所――株式会社茜新社
〒101-0061 東京都千代田区三崎町3−6−5
原島本店ビル1F
編集 03(3230)1641　販売 03(3222)1977
FAX 03(3222)1985　振替 00170-1-39368
DTP――株式会社公栄社
印刷・製本――図書印刷株式会社

Ovis NOVELS BACK NUMBER

好きだなんて、とてもいえない

竹内照菜

イラスト・なぞのえむ

ある朝突然月島連平の家に家政夫さんがやってきた！　家政夫さんの正体はなんと連平の高校の完全無欠な生徒会長・加賀沢龍宝。月島家の弱みを握った龍宝に、むりやり生徒会役員にされたうえ、セクハラを迫られて…連平の運命はどうなる？

秘密のキスは甘い罠

水島　忍

イラスト・七瀬かい

駿は高校教師の夏己に片思い中。でも、夏己の同僚の森谷がなにかというと邪魔をするので、腹を立ててばかり。駿を子供扱いする森谷と喧嘩をしているうちに、二人はなりゆきで一線を越えてしまった！　混乱気味の駿に好きな人との甘い関係は訪れるのか？

恋愛しましょ♡

大槻はぢめ

イラスト・起家一子

『四葉ブライダルサロン』に勤める陸は、次に担当になった客を成功させないと、クビ！なのに陸が担当になった篠塚は、社長の甥で結婚の意志は全くナシ。それどころか陸と付き合いたいと言う。退会の延期を条件にデートの約束をしてしまった陸だが…？

キスはあぶないレッスンの始まり

音理　雄

イラスト・西村しゅうこ

留年がかかった追試をパスするために、サル以下の脳ミソの持ち主・緑に家庭教師がつけられた。その家庭教師・律に、根が単純な緑はいつもだまされて…毎日お仕置きかご褒美が待っている、特別レッスンが始まった！

ウソつき天使の恋愛過程

せんとうしずく　イラスト・桃季さえ

大事にしてきた幼なじみの太壱に恋人ができ、勇気は幼なじみ離れができていなかった自分に気づく。そこを上級生・榊に指摘され…。勇気の気持ちが榊に傾いていく過程を甘く描いた、もうひとつの「おいしいハッピーエンドの作り方」。

屋根の上の天使

堀川むつみ　イラスト・西村しゅうこ

急な辞令でデスクワークから建設現場へ異動になった浩一郎は、あらっぽい連中のなかで戸惑うばかり。なかでもひときわ若いとび職人の祭は特に反抗的だっだが、足場で具合の悪くなった祭を助けたことから、祭は浩一郎になつくようになり、二人の同居が始まった！

君はおいしい恋人

長江　堤　イラスト・こおはらしおみ

教育学部のアイドル智臣をめぐってバトルを繰り広げる大祐と研人は学生寮で不本意ながら同居中。だが、健気に智臣に恋する研人を、大祐は故意に邪魔していて——？　ファン待望の長江堤ノベルズがオヴィスに登場！

ヒミツの新薬実験中！

猫島瞳子　イラスト・やまねあやの

製薬会社の営業・中野裕紀は、ある日訪問した病院で、つい見とれてしまうような優しい笑顔の篠田先生に出会う。だがその実態は、どんなムタイな要求も真顔でしてしまう、ただの研究フェチだった！　いつのまにか臨床実験に裕紀の体を使うことになってしまい…。

危険なマイダーリン♡

日向唯稀　イラスト・香住真由

恋人が弟に浮気したと知った葉月は、あてつけに三日間だけ恋人になってくれる人物を探す。その男、早乙女に早速ホテルへ行こうと言われ、あれよあれよという間に予定《ゆめ》も妄想《きぼう》も打ち砕かれる初夜を経験させられてしまった！　三日間の恋人契約の行方は？

空を飛べるなら

香阪　彩　イラスト・西村しゅうこ

スポーツカメラマンの和彰は、高校生でモーグルの選手であるコウタに密着取材をすることになった。取材を通じてだんだんうちとけてきた二人だが、試合中の転倒が原因でコウタはエアを飛べなくなってしまう。仕事と人情に挟まれた和彰は自分の気持ちに気づくが…。

胸さわぎのアイドル

水島　忍　イラスト・明神　翼

「恋愛は面倒、身体の相性がよければそれでいい」がポリシーの楢崎哲治。そんな楢崎を追って、幼なじみの立花朋巳が天堂高校へ入学してきた。入学して楢崎の「初物食い」なる噂を聞いて愕然とする朋巳だが…。楢崎を見つめ続ける朋巳の想いは報われる？

恋するカ・ラ・ダ注意報

小笠原　類　イラスト・かんべあきら

結可にいきなりキスしてきた男・十文字翠は結可が居候をすることになったお屋敷のあるじだった。結可は家のしきたりと翠のペースに巻き込まれ、いつのまにか翠をメイドとして使うことになってしまった！家主様が召し使いって、どうなっちゃうの？

せつない恋を窓に映して

堀川むつみ　イラスト・高久尚子

尚之は上司の緒方と身体の関係があるためか、開発部に異動を希望しても許可が下りない。そんな時人事部で、家庭教師をしていた頃の教え子・正人に再会する。恋愛かどうかもわからず関係を続けてきた緒方と、かつて自分の身体を奪った正人の間で尚之は…。

君と極限状態

長江 堤　イラスト・西村しゅうこ

茅原由也はうっかり入った「やかんどう」なるサークルの怪しさに挫けそうな日々。かばってくれる盛田啓介がいるからなんとか続けてこれたが、夏合宿でいったハイキング山で二人は遭難してしまった！　度々極限状態に追い込まれる二人のラブコメディー。

悪魔の誘惑、天使の拘束

七篠真名　イラスト・天野かおる

法学部一年生の岡野琢磨は、金に困っていた。放蕩親父がつくる借金で首が回らないのだ。そんなとき、ジャガーに乗った派手な男が、月給五十万のバイトをもちかけてきた。うまい話には裏があるとは思うけれど、ほかに選択肢のない琢磨はその誘いにのって—？

キスに灼かれるっ

青柳うさぎ　イラスト・高橋直純

クールなかっこよさで女性徒の人気者の沙谷は、祖父のために女装しているときに、クラスで犬猿の仲の霧島とはちあわせしてしまった。さらに、沙谷を女と間違えた霧島に告白でされてしまう。以来、霧島の沙谷への態度に微妙な変化があらわれて…？

Ovis NOVELS BACK NUMBER

兄ちゃんにはナイショ！　結城一美　イラスト・

東陽学園テニス部のエース・薫をめぐって、弟・貢と親友・克久はライバル同士。二人はお互いを薫の身代わりとして身体の関係を持つようになってしまった。だが、貢は次第に克久自身にひかれていく自分に気づき、身代わりで抱かれることに耐えられなくなって…。

だからこの手を離さない　猫島瞳子　イラスト・如月弘鷹

バーでのバイト最終日に、しつこい客に拉致されそうになった智仁は、ナンパな客・高取春彦に助けられる。恩義を感じた智仁は言われるままホテルで一夜を共にする。翌朝、新社会人として入社式に臨んだ智仁は壇上で挨拶する社長を見て愕然！　なんと春彦だった！

ミダラナボクラ　姫野百合　イラスト・かんべあきら

翌巒高校の同級生、村瀬信一と湯川渚は腐れ縁の幼なじみ。しかも3年前からセックスフレンドというオマケまでついている。信一は本物の恋人同士になりたいが、渚の真意がつかめない。そんな時、渚の態度が急によそよそしくなって、生徒会副会長との恋の噂が…。

愛してるの続き　大槻はぢめ　イラスト・起家一子

新米教師・神山茂は担任するクラスの生徒で、生徒会長の江藤総一郎に無理やりキスされてしまった！　全校生徒を魅了するその微笑みにおびえて過ごす茂の前に、母親が連れて来た再婚相手の息子はなんとその総一郎！　はぢめのスーパーきちく学園ラブコメディ♥

第1回
オヴィスノベルズ　オヴィス大賞
原稿募集中！

あなたの「妄想大爆発！」なストーリーを送ってみませんか？
オヴィスノベルズではパワーある新人作家を募集しています。

★募集作品　キャラクター重視の明るくHなボーイズラブ小説。
商業誌未発表のオリジナル小説であれば、同人誌も可。
※編集方針により、暗い話・ファンタジー・時代もの、女装シーンの多いものは選外とさせていただきます。

★用紙規定　①400字詰め原稿用紙300枚から600枚。
ワープロ原稿の場合、20字詰め20行とする。
②800字以内であらすじをつける。
あらすじは必ずラストまで書くこと。
③必ずノンブルを記入のこと。
④原稿の右上をクリップ等で束ねること。

★応募資格　基本的にプロデビューしていない方。

★賞品　大賞：賞金50万円＋
当社よりオヴィスノベルズとして発行いたします。
佳作：特製テレホンカード

★締め切り　2001年8月31日（必着）
※第2回以降、毎年8月末日の締め切りです。

【応募上の注意】

●作品と同封で、住所・氏名・ペンネーム・年齢・職業（学校名）・電話番号・作品のタイトルを記入した用紙と今まで完成させた作品本数、他社を含む投稿歴、創作年数を記入した自己ＰＲ文を送って下さい。また原稿は鉛筆書きは不可です。手書きの場合は黒のペンかボールペンを使用してください。
●批評とともに原稿はお返ししますので、切手を貼った返信用封筒を同封してください。
●受賞作品は半年後、オヴィスノベルズ2月刊の投げ込みチラシにて発表します。
●大賞作品以外でも出版の可能性があります。また、佳作の方には担当がついてデビュー目指して指導いたします。なお、受賞作品の出版権は茜新社に帰属するものとします。

応募先
〒101-0061　東京都千代田区三崎町3-6-5
原島本店ビル２Ｆ
コミックハウス内　第５編集部

第１回オヴィス大賞係